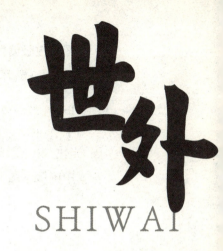

世外
SHIWAI

袁璐 著

上海大学出版社

图书在版编目(CIP)数据

世外/袁璐著.—上海：上海大学出版社，2020.4
ISBN 978-7-5671-3826-1

Ⅰ.①世… Ⅱ.①袁… Ⅲ.①传记文学-作品集-中国-当代 Ⅳ.①I25

中国版本图书馆 CIP 数据核字(2020)第 050855 号

责任编辑　陈　强
助理编辑　祝艺菲
封面设计　缪炎栩
技术编辑　金　鑫　钱宇坤

世　外
袁璐　著
上海大学出版社出版发行
(上海市上大路99号　邮政编码200444)
(http://www.shupress.cn) 发行热线 021-66135112)
出版人　戴骏豪

*

南京展望文化发展有限公司排版
上海华业装潢印刷厂有限公司印刷　各地新华书店经销
开本 890mm×1240mm　1/32　印张 6　字数 125 千
2020 年 4 月第 1 版　2020 年 4 月第 1 次印刷
ISBN 978-7-5671-3826-1/I·576　定价　40.00 元

我能感觉到父亲的目光时常落到我身上，刚开始我很不自然，逐渐地，我习惯了这种长久的不舍的目光。

直到我最亲的人突然离开，第一次面对死亡，这个生命最后的义务。我无法若无其事，第一次感到死亡会吞噬一些活着的人，令他们在回忆里盘旋。

我很快便发现，对一个人的记忆不仅经得住火烧，而且会随着时间的流逝变得更加牢固和清晰。

目 录

第一章
春天的葬礼 / 1

第二章
太阳落下之前 / 26

第三章
河里的夏天 / 61

第四章
荆棘里的日子 / 100

第五章
你不能遗忘一切 / 128

第六章
遗留的梦 / 153

第一章
春天的葬礼

我不记得父亲去世那天是星期几。

记者这份工作让我不用去记今天是星期一或星期二,因为每天都在工作。但如果你在刚进入春天时收到父亲死亡的消息,你会怀疑这是一次残忍的欺骗。

从聊天记录里我看到,父亲生病第一天是2月17日,星期天。他在微信上告诉我,说感冒发烧了,一夜没睡着。我追问情况,他只说吃过药,好些了。我稍微放下心。

第二天,父亲发给我他在一家小诊所输液的视频。这是一个在我家马路对面的私人诊所,里面有两个房间,进门的两边是两排蓝色光滑的座椅,和大多数医院走廊里的椅子一样。另一个房间里放着两张病床,有一个四十岁左右的男医生和一个年轻的女护士。他倚靠在蓝色椅子上,蹙着眉,无精打采的。这是他最后一次发信息给我。诊所的医生在电话里告诉我,父亲大概患了肠胃型感冒,无大碍。

我想,父亲曾是军人,熬过那些艰难岁月,感冒难不倒他。他曾经三次面对死神,各色各样的死神,每次都安然无恙。

第三天时,父亲换到了社区医院,母亲发给我一张他躺在病床上的照片。他面色蜡黄,眼睛半阖着,盖着厚厚的白色条纹棉被,旁边立着一根输液杆,两只手露在外面,皮肤像被颜料染成黄色一样。

那天晚上七点左右,母亲电话告诉我,父亲的病比想象中严重,医生说父亲的血小板严重减少,烧还没退下去,肝功能不太正常。我要求立即换医院,医生的建议是,等详细检查结果出来,再决定是否换医院。接完母亲的电话,和友人分别,我独自走在一条僻静的街道上。夜幕笼罩京城,月色和霓虹灯交织在浑浊的夜空之中,这里最高的一栋大楼在漫无定向的雾霾中消失了。我脑子里跳出很多糟糕的想法。在北方,冬天似乎远未结束。

事实上,在父亲生命的最后一天,我还没意识到问题的严重性。我看到他微微睁眼躺在病床上时,只是平静地对他说了声"先睡吧"。那几天,他吃了几口稀饭和青菜,已经没有任何食欲。平时,他几乎不吃稀饭。第三天,社区医院的医生已经禁止他吃米面,母亲回家做了份肉片青菜汤,他喝了几口,再没进食。

这天傍晚,他提醒母亲,回去料理完外婆后就去医院陪着他,还提醒母亲带上一粒我从英国代购那里买的护肝药。几天前他兴奋地告诉我,说护肝药很有效,他吃完后不再像以前那样闹肚子,肠胃似乎听话了,整个人感觉轻松了许多,还想再要一瓶。我正在积极联系去英国的朋友,托他们带一瓶护肝药。

在社区医院的那天晚上,父亲全身出汗发抖,医生把他转入另一间开着空调暖气的房间里。他一整夜没睡觉,嘴里渴得慌,从胃里翻涌上来的全是药水的苦味。他往嘴里灌了几口矿泉水,稍微缓解了一点,但全身还是忍不住发抖,他对自己身体的情况一无所知。同病房的一个病人说汗出完,感冒就好了。但一夜过去,父亲并未停止出汗。

这一夜,噩梦连连。我梦见一架飞机坠毁在荒野,父亲在那架飞机上。半夜醒来,我辗转难眠。噩梦发生在二月中旬的一天凌晨,也是在这个夜晚,父亲经过了十几个小时的折磨,身体严重不适,尽管白天已经有十来瓶液体药物输进他体内,但高烧不止,汗流不停,身体越来越虚弱。

第二天早上八点,一个戴眼镜的中年男医生拿着检查结果走进病房,要求父亲立即转院。

"我已经联系了120,先转到人民医院吧。"

"我想直接转到市里的医院。"母亲说。

"县里和市里用的药物一样,先去县医院吧。"

医生语气急促,父亲似乎还没有察觉到死神在靠近他。他笑着和护士说,只要让他的烧退下去,他能重新工作就好。那是他开的最后一个玩笑。

也是这个早上,我接到母亲电话,她说检查结果出来了,不太好,要立即转院。后来听母亲说,那天她搀着父亲上了救护车,街坊邻居都看着,他从母亲的手中挣脱出来,自己爬上救护车,保持着最后的倔强。在车上,父亲的头一直耷拉在她肩上,他很安静,拽着拳头,尽力忍受着痛苦。

我挂掉电话立即订票赶去机场,我想到的最坏结果是父亲的肝坏掉了,或许做肝脏移植手术就能让他恢复健康。三个小时后,我正在机场摆渡车上,接到母亲电话,听到那头她绝望哭泣的声音,她只说了六个字:快回来,不行了。之后只有哭泣声。我麻木地抓住冰凉的扶手,感觉身体往下沉,坠落到一个无底黑洞。

父亲的身体以他五十三岁的年纪来说是非常结实的。事实上,我几乎没有见过他生病的样子。除了更年轻时因为一两次意外住院过,他总是充满活力,时常将胳膊的袖子挽到肩上,像个年轻小伙子一样在我和母亲面前炫耀他的肌肉和他那超越同龄人的年轻样貌。

仅仅两天时间,他的情况已经变坏了。换到新的医院时,肝脏和肾脏的衰竭折磨他,他的肚子鼓起像个球,想小便但排不出一滴尿液。医生在他身体内插上排尿的管子,但起不了任何作用,胀痛感驱使他在病房里不受控制地又蹦又跳。

登机后,母亲再次打来电话,这回是让我决定是否送父亲去重症监护室。按照医生的说法,送到那里,生还的希望渺茫,一天的医疗费一两万元,他们并不建议这样做。我坚持送父亲到重症监护室,不能眼睁睁看着他死去,结束只有一次的生命。

当他被抬到送往急救室的床上时,母亲看到他的两只眼睛不停往上翻,不再做痛苦的挣扎,接着就失去意识了。在送往重症监护室途中,父亲昏迷过去。他的外衣外裤、秋衣秋裤、内裤全被医生脱下来,为了在身体上插各种管子。

在飞机上,我脑中冒出各种乱糟糟的想法,前夜梦中预见父亲的死亡似乎是一种强烈的征兆。我抵达县城已是傍晚,他已经躺在重症监护室,依旧是昏迷不醒。

父亲被送进重症监护室后,亲人们陆陆续续赶往医院,他们看着空荡荡的走廊,不知道该做些什么。银色冰冷的长铁椅上已经被其他病人家属占满了,他们只能和其他等待的人一起站着,茫然地望着远方。

一个女医生拿给我一件蓝色的防护服,说可以进去看一眼父亲,不过不能长时间停留。我穿上后跟着她推开重症监护室那扇厚重的门,透过这扇门传达过无数次死亡的讯息。病房里一片寂静。寂静中,我只能听到仪器的"嘀嘀"声,好像死神扑棱翅膀时发出的缓慢隐秘的声音。左拐,一直往前走,病房里面有六张病床,靠墙并排,躺着的都是昏迷多日的病人。我扫过他们插着呼吸机的脸,只能看到紧闭的双眼,看不清长相,但闻到了空气中死亡的气息。

父亲躺在最里面的病床上。我一步步慢慢靠近,只看了一眼他的脸,不敢再细看。他看上去像睡着了一样,但比以往任何时候睡得更沉、更安详,眼睛闭得死死的,胸部的起伏变得更微弱。他躺在那里,和他一生中每个夜晚的睡姿无异。血液透析的机器立在他床边,暗红色的血液从父亲体内流入一根透明管子里,过滤后再送回他体内,不断循环流动着。医生说,血液透析可以过滤掉里面的一些病毒,但也可能没有任何效果。

那一刻,要把我记忆中那个男人健壮结实的形象和病床上这个奄奄一息的形象统一起来,让这两幅迥异的命运图景合二为一,是一件比死亡更可憎的事情。我拒绝这样去做。但我们的人生经过了时间的过滤,父亲已不是那个高高地站在我身后,一把举起我扛在他肩上的那个人了。

重症监护室里面有三个年轻护士正在忙碌着,她们穿着一样的制服,年龄看上去都差不多,我没有记住她们的模样。但她们看上去冷若冰霜,处理死亡对她们来说似乎是天底下最容易的事情,旁边躺着六个濒临死亡的病人完全不会影响她们的专注。

两个护士在旁边调试另一台仪器,另一个在低声和她们说着什么。我蹲在地上,感觉有一只手掐住脖子,医生把我扶起来,我才发现自己在默不作声地痛哭。喉咙里的血液仿佛卡在那里不再流动,再往下,心脏怦怦跳动,又重又快,好像刚刚剧烈奔跑了一回。她们把我带到主治医生的办公室,主治医生是一个三十来岁的年轻女医生,她像一座冰山那样面无表情,严肃地看着我说,这个病人是感染性休克,情况很糟糕,是重症监护室里最严重的病人。这句话让我意识到此刻死神离父亲最近。

她一边说一边打开电脑上父亲的血液检验指标,里面每一页有几栏标着红色底纹,有几栏标着黄色。她告诉我,那些标着颜色的指标都是非正常指标。

中间她说了些什么,我一句没有听进去。我只是在想,躺在里面的不是病人,是我父亲。

最后她说:"现在是死马当活马医。"

这是我听过的最残忍的话。

"没有一点点希望了吗?"

"只有百分之零点五的希望。"

"那不就是还有希望吗?"

"但你看病人的指标,每项非正常指标都足以致命的。"

"零点零一的希望也是希望啊。"

"病人能熬过今晚就是奇迹了。"

她的职业让她擅长应对我这样焦灼无措的病人家属,接着,她让我先出去门口等结果,那扇需要用力推开的门是生和死的分界线。重症监护室的门口摆放着七八条银色长条铁椅,那几个重症病人的家属在上面铺着冬天的棉被,堆放着生活用品,衣服、纸巾、牛奶、面包、饼干、方便面,吃睡都在椅子上,等待他们在重症监护病房的亲人醒来。和我们紧挨着的一个老人已经在这冰冷的铁椅上熬过了三个月,她的儿子从楼梯上摔下晕倒,至今未醒,也没有醒来的迹象。她说,儿子今年三十岁,还没有娶妻生子,她要这样等下去,直到孩子醒来。

他们脸上黯淡无光,好像没有一点值得高兴的事情。虽已步入春天,但夜里的冷风灌进来,他们蜷缩在长条铁椅上,裹紧棉被抵御严寒。医院的夜晚有种如置身在冰窖里的寒冷,他们无望地看着白大褂的医生和护士进进出出。

天已经又黑了,零零散散飘着小雨。这是母亲陪着父亲在医院的第三个夜晚,她还是不知道该做些什么,不像前几天,她还可以替父亲擦擦汗,喂喂水,扶着他去厕所。突然间,她不知道该如何安置自己,坐在铁椅上,难以适应周围的一切,她的无助加重了她眼中的茫然。

我在手机上搜索感染性休克的资料,看到一些病人被抢救过来的案例,这让我燃起希望,又联系了市里一位肝病领域威严而有阅历的医生,把父亲的肝肾功能指标、血细胞分析指标和凝血指标发给他,像溺水后抓住仅有的一个救生圈,渴望它带我浮出水面。这位医生给出一些治疗建议:加强感染源的检查,加强抗感染,同时保肝、血透改善肾功能,凝血功能障碍需要检查有关DIC指标。

更晚的时候,他主动打电话给我,听我叙述了父亲的情况。他说,父亲现在的情况不能移动,根据各项指标来看,情况的确比较严重,他相信这里的医生已经采取了各种救治措施,只能等第二天的情况。

夜色渐暗,晚上十一点,母亲让我到医院旁的旅馆里等消息。外面依旧歪歪斜斜下着小雨,医院大门口,一只流浪猫团在垃圾桶旁边,我路过时它窜到我脚边不离开。我抱起它,这让我突然觉得那是某个灵魂,想传递给我一些另一个世界的信息。

那晚我感到非常害怕,恐惧侵袭我的五脏六腑,让我越来越清醒。父亲在重症监护室的画面不断在脑中回闪,我不知道他正在遭受怎样的痛苦。整晚,我都在翻看和父亲的微信聊天记录,我一直为他祈祷:"不要放弃……不要死……不要接到医生的通知。"没有消息就是好消息。

直到这天晚上,我意识到我作为独生女的孤独人生中最可怕的一件事情发生了,在父母曾经颠沛不定的这座小县城的一家狭小悲伤的房间里,我躺在床上辗转难眠,睁眼等着天亮。

熬到早上六点,我赶去医院,天色渐渐清亮,雨驻。天空放亮后没多久,一个医生走出重症监护室的大门,大声喊出父亲的名字,我跑过去后她告诉我,血液透析似乎起不了作用了,没有任何好转的迹象。

　　我麻木地站在门口,不敢看母亲一眼。医生带我去了一个主任的办公室。主任看上去五十岁左右,他正在电脑上翻看父亲的检查指标。他告诉我,因为父亲昏迷,不能进一步检查,所以并不知道病毒的源头在哪里。目前已知的是,病毒入侵到父亲的五脏六腑,不排除内出血,多器官已衰竭,并且无法遏制。父亲体内的血小板只剩下四个,需要输入血液,但联系的新鲜血源要两天才能送到。那一刻,我能想象出他体内的血液像猛兽冲出血管,在他身体里四处流窜,踩踏其他脏器。外表看不出任何端倪,但体内的细菌病毒在躯体内部千军万马般扩散,气势不可阻挡。他的骨髓、神经、肌肉、血管、皮肤此刻不堪一击。随后,器官们被蚀空掏尽,七零八落,直到生命离开身体。

　　须臾间,我感觉快喘不过气来,如果可以和行将就木的父亲互换角色,我愿代他赴死。

　　"如果有更好的医生呢?"我不甘心地问他。

　　"华佗再世恐怕都不行。"

　　"如果有神仙呢?"像小时候,我又一次渴望有神明存在。

　　主任定定地看着我:"如果有就好了。"

　　母亲靠在窗户边,只是一个劲儿地说:"太突然了,怎么会这么严重……"

　　很多事情的后果远远超出我们能承受的范围。我只能求助医生,无论如何一定要减少父亲的痛苦。

　　"他昏迷了,感觉不到痛苦的。"他说,现在只要把呼吸机取下,父亲马上会停止呼吸。

我想联系外地的医生,主任告诉我有两种方法:一是请市里的医生到县里当面诊治,但需要四五个小时的时间;二是让专家线上看诊。我的回答是两种方式同时进行。他让我准备好五千元的现金后就进去了。

但这个决定刚下没一会儿,主任就行色匆匆跑出来跟我们说正在采取"抢救措施",让我们在门口等着。他问我要不要去见父亲最后一面,我拒绝了。我不想看到父亲支离破碎的模样,准确地说,我没有勇气。在他生前最后的几天,我没能和他说上一句话。或许有天我会后悔,在重症监护室时没有抓住父亲的手,和他说这辈子最想说的话,哪怕那时他什么都听不到。

母亲进去了。大概十几分钟后,上午九点半,那个医生走出来说:"病人死亡。"他身后,母亲哭着走了出来,她已经被这个世界的重量压垮了。她伴随我的父亲度过了漫长而艰苦的沧桑岁月后,却没有来得及说上一句分别的话。在经历了那些艰难的日子后,她从没想过这个如此依赖她的男人有一天会突然离开她。在生命的各种碌碌琐事中,她一直陪伴着他,直到他死去,一如她半生都怀着忠诚和哀怨的善良陪伴着他一样。

母亲对死亡并不陌生,她在十九岁时便经历了自己疯疯癫癫的父亲突然喝下一瓶农药,他们杀了一只鸭子,把鸭血灌进他嘴巴里,以为可以让他把喝进去的农药吐出来,但已经晚了。谁也说不清他是怎么从一个技术精湛的兽医站长变成一个人们口中的疯子的,但他精神状况上的变化给全家人带来了巨大的灾难,家里的打骂从来没有停止过。所以她父亲的离世并没有给全家人带来多大的痛楚，她直到最后下葬也没有去看她父亲一眼。或许自从她目睹自己父亲的死亡那天开始，生和死就总是在她的生命中相伴而来。

这个毫无心理准备的死亡宣判像巨石重重击在我头上，砸得我粉碎。父亲并不知道那天是他的死期，没人知道。母亲说当医生作出判定时，应该告诉父亲，他快死了，或许他会说一些遗愿，比如你们要好好生活下去之类的。我不同意母亲的说法，因为我不确定父亲能接受死亡。那一定不是他预想中生命最后的图景。

站在重症监护室玻璃门外面，我已经乱作一团，我看到了小时候在农村里熟悉的，已经有十几年不见的村民，他们来医院见父亲，我在他们脸上看到死神刚刚离去的阴霾。恍惚间我觉得自己好像遗失在一个遥远的世界。家里有经验的长辈已经在安排父亲穿的寿衣，穿多少层的，遗体是留在县城还是运回农村老家，在哪里摆灵堂，买什么样的棺木……他们在说的时候，我寻思，这一切又有什么意义呢？

医院有专人负责清洗父亲的遗体，大姑父也进去帮忙清洗，最后由我来倾倒父亲最后一次的洗澡水。他们给他穿上一袭白衣，戴一顶黑色帽子，又在他的手指上缠一根细绳。如果父亲知道，他一定会拒绝穿那样的衣服，他会说质量太差，样式不够新颖。他是个体面的人，发型永远是涂上摩丝和啫喱的三七分，西装和皮鞋是他最喜欢的装束。他是一个保持爱美之心的人，这样的人永远不会变老。

父亲的葬礼定在他去世后的第三天。一切都是临时准备的，打的一口棺材，找工人修建的坟墓，遗像用的照片，最后用父亲身份证上的照片,镶成遗像。那是他四十岁时拍的照片,距今已有十多年,除了白发比现在少,他的脸、眉毛、眼睛、鼻子、嘴巴,仍是我最后一次见他的样子。我用他的手机通知每一位他的朋友,发给他们讣告。他的手机屏幕上,墙纸用的还是那张我两年前在一家饭店里拍下的照片。

2019年2月23日下午六点,父亲的葬礼在他长大的村子里举行,他的遗体停放在奶奶家门口的地坝上。戴孝披麻,一切如制。我不敢看父亲的遗体一眼,甚至不敢靠近,我逃离了他的遗体。在别人眼里他是逝者,但我不想他离我遥不可及。当然,我在这之前见过几次死者的模样。最近一次是在去年的采访中,在一间冰冷的解剖室里,一具男尸躺在铁床上,苍白的面孔,失去温度的身体像雕塑般冰冷僵硬。法医穿着蓝色的防护服,带着他那个行当干干净净的一套工具。他有老师傅的精细手法,一点一点地划开那人布满暗红色尸斑的皮肤,像揭开一个重大机密那样。他的器官逐渐脱离他的躯体,在他死亡之后。那的确是个人,不自觉地慢慢放弃了生命的功能,慢慢地溶解在另一个世界里。

时间到了,村里的老人、年轻人、小孩,父亲的同事、朋友、战友都来和他告别。一群陌生的亲戚也从四面八方涌出来,用他们那令人压抑的悲伤淹没了整个街道。我能从人们脸上看到惊愕、难过、怜悯、唏嘘和难以置信。

生命的列车在半途突然停下来,与之相关的一切都从轨道上消失。但记忆不会。就在几天前,我和父亲规划以后的生活,我想他做些轻松的活儿。三十年前从部队出来,他的双手就没离开过汽车方向盘。而在一个月前,我刚给他买了一套湖蓝色法兰绒睡衣,当他说收到快递时,带着孩子般的憧憬,我让他穿上拍张照片发给我,他照做了,换上睡衣后坐在沙发上拍了一张半身照。

按照习俗,面对前来送别父亲的人,我跪在地上,额头贴住地面,看到一双双脚从我面前走过去,他们因父亲而来,我的眼泪滴落在地上,浸湿了灰尘。只有我一个人知道。我依然穿着离开北京时的那套衣服,淡灰色呢子外套和浅蓝色牛仔裤,完全没有做好葬礼的准备。一个人从生到死只用了四天时间,这让我仿佛经历一场幻觉。

我为这所有人的相聚感到悲伤。那个夜晚,他们就在离他遗体几米外的地方,打牌喝酒聊天,好像在过一个与他无关的日子。乡村乐队正在充满感情地演奏一首军队歌曲,每次开场前都要提一遍我父亲的名字,在他名字的前面安上"老人"两个字,响亮而刺耳。无论是从年龄还是外貌来看,父亲都不算是一个老人。事实上,他离衰老还有很远的距离。我心里想,父亲的灵魂会看着这一切吗?

守灵的那个夜晚,我们坐在爹爹(重庆方言,指爷爷)家的长椅上烤着火,不时可以听见炉子里头煤的响声,看着炉子里的蜂窝煤一个个由黑变红,冷却后变成老人胡子颜色一样的灰烬。夜半时分,客人相继离开。一天的喧嚣后,村庄突然安静下来,和我小时候在这时一样安静。父亲的遗体就停放在门口,此刻他却躺在一个刚好能容下他的木匣子里面,被白色和黄色的菊花包围着。在我们同时存在的地方,我从未见过他如此安静。

一种夜晚独有的寒意不请自来。"妹,你要坚强些,你父亲希望你过得好。"奶奶坐在炉子一旁,握着我的手说。我真不知道该如何回答她,也没有力气,像个木头那样呆坐在那里,回想着到底是哪个环节出了问题。如果这个春节最后一次我见他时,他说身体不太舒服,我就拉着他去医院检查,是不是这一切就不会发生。

火炉旁围了一圈人,三舅妈坐在火炉的另一旁。"不要让自己太难过了。"她望着我说。我坐在那里,像一棵干枯的树。"我家小川死时,我也差点儿活不下去了。"或许是为了安慰我,她主动提起表哥,一个只活了十二年的男孩,一个没有过完童年的少年。她大概是最能体会我此刻心情的人,但我内心却涌起一阵恐惧,好像这一刻,两个死去的灵魂都聚到了一起。

"都会扛过去的,虽然刚开始会很难。"她继续说着,脸上总带着那种无法用抚慰消除的忧伤。失去孩子的痛苦毁掉了她前半生的生活,她的后半生靠一种中年人的舞蹈努力排遣苦难,经常挂在嘴边的一句话是"人要为自己而活"。于是,她下定决心,要带着对孩子的回忆继续生活下去,就像他没有死一样。她家里的相册里保留着孩子的照片,并拍下它们保存到手机里,这样当她被思念的痛苦纠缠时就有了及时的解药。这些回忆帮助她走出痛苦的荆棘。只有她自己知道,在这场毫无征兆的灾难后,她流过多少眼泪才活到今天,或许她的悲痛从未消失过。有时候,她必须把痛苦隐藏在阳光之下。

我没有回话,只希望她能安静下来,我脑中已经有无数个声音在回响。葬礼好像是一个能见到世界上所有人的地方,我见到了快十年没见的童年伙伴,小学同学,初中同学。我的四个朋友从北京来到这个偏僻的小村庄,和我一起坐在火炉旁。父亲认识她们,但只见过照片,我曾想有机会带父亲到北京和她们见面,没想到第一次见面是在他的葬礼上。

那天的守灵仪式要通宵持续,父亲最亲的人都要整夜陪在他遗体旁,等着第二天凌晨四点送上山埋葬。

这一夜,震撼村庄的隆隆炮声,一支乡村乐队和一支县城乐队轮流吹奏出不和谐的乐声,以及牌桌上麻将碰撞的声响,这一切交织在一起,足以惊醒任何一个沉睡中的人。这一夜就这样结束了。

在父亲下葬的前一个晚上,二舅从县城请来的道士从夜里十二点开始念诵经文,替父亲超度。他遗体前的一张木桌上摆放着一碗酒,一碗米饭,一碗蔬菜,一双筷子。这道士姓雷,看上去四十来岁,穿着一件黑色的呢子大衣,灰白的头发全往后梳着。雷道士让我举着写着经文的黄色布条,在他停止诵经、敲响木鱼时,我便朝向父亲遗体三鞠躬。这项仪式持续了一个小时。

凌晨三点,负责抬棺木的四个人来了,都是村里的男人。时间到了,他们准备送父亲上山前,要先将遗体从冰棺移至他将永远沉睡的棺椁中。他们费了好大劲儿才把父亲的遗体从冰棺里抬进还散发着树木味道的棺材里头,他们说太沉了,是他们抬过的人里最沉的一个,他们大口大口直喘粗气。

抬放好后,按照习俗,一个隔房表哥让我抬父亲的头部,并替父亲解开缠在他脚趾上的细绳。

"我不!"我大声回应他,往后退了几步。

"你是他的女儿,这件事情必须你来做。"

"我做不到……重症监护室的画面我还没忘。"

我几乎是吼出来的,已经语无伦次。在我的坚持下,最终这件事由我父亲唯一的弟弟去做。我无法解释我自己的行为，但我意识到自己在反对死亡本身，就像一个倔强的孩子。我不想要沉痛消散，不想要落叶归根。

临行前，奶奶靠近父亲的冰棺，掀开那块铺在上面的红布，定在那里看了看。随后，父亲在热热闹闹的氛围中被送往墓地。

前一天还是阴云笼罩的天气，但那天太阳从云里钻了出来，照耀着那一带的村子和山林。墓地的选址临时而出乎意料，那里是爹爹家的土地，在一座无名山的半坡上，杂草丛生。那片荒山是我童年时的乐园，我小时候会和同伴一起去那里的山林里摘野果野菌，但自从我们搬进县城后，已经有十多年没再去过。

如今，那片山坡上的松柏竹林已经被砍光，山上明晃晃的，变成一级级梯田向下延伸而去，山坡的周围散落着几座有些年头的坟冢。在那里，时间似乎忘记了流动。山底是一条已经快干涸的河流，沙石外露，对面是另一座沉默的山。那些地方都有我童年的足迹，我父亲将永远躺在那里，埋在地下两米深的地方。

葬礼那天一早，我和母亲回家清理父亲的遗物。他穿过的衣服，其中有两件棉衣是两个月前我买给他的，鞋子，用过的牙刷，盖过的被子，喝过的茶叶，还有堆放在床头柜上的一大袋子药品，包括我在一个月之前买给他的那瓶护肝药。他在两年前被查出患上糖尿病，需终身服用药物。他的床头摆放着一张我在云南时的工作照，那是八年前拍的，我被派到一个大型活动现场采访时留下的。后来被我带回家，他一直留着。母亲说，他独自一人时，就拿着照片看。我们清理出无数件与他的生活息息相关，已经成为他本人一部分的物品。

它们被一起塞进三个灰色的尼龙袋里,扎好,我拎着那些留有父亲身上气味的衣物下楼,放入汽车后备箱,带到那片荒凉的山坡上,和数十个花圈放在一起。有人用火点燃后,形成一个巨大的火球,跳跃的火光照亮了黛色迷离的天空,焚烧的尽头是化为灰烬,如漫天雪花,在荒山周围遍布飘洒。

这是一次极端的清理仪式,虽然有一个说法是为了让他在另一个世界里也能享用到这些物品,但焚烧行为是徒劳的,一股脑儿地烧掉了所有关于他的东西,并不能烧掉我们与他有关的回忆。我很快便发现,对一个人的记忆不仅经得住火烧,而且会随着时间的流逝变得更加牢固和清晰。

父亲的贴身遗物最后只剩下他戴过的墨镜和一块玉。那玉是两年前我带他去云南旅游,在机场买下的。那时在机场候机,我们在登机口附近的一些商店里转悠。我想,他要什么,我都买给他。最后我们进了一家玉石店,我让他一定要选一件,送他作礼物。他先是拿起一块刻着"一路平安"的圆形玉佩,下面绑着一个红色的中国结,看了看价格,一千五,立马放下了。踌躇着又选了一块三百元的淡绿色玉石。他很喜欢,一直挂在车上作为车内配饰用。

那是有生以来我们第一次一起旅行。直到这一天,在这个世界上,他们几乎没有去过县城以外的地方,上一次的远行大概是在十五年前。我提前一个月订了机票,特意为他挑选了靠窗的位置。父亲靠窗落座,母亲紧挨着他,我坐在他们前面的位置。那是我们第一次出门旅行,从飞机起飞开始,父亲就一直盯着窗外,像一个导游那样滔滔不绝,而母亲是他的游客。

第一章　春天的葬礼

他的头轻靠在舷窗上，指着窗外说："你看那是山，那是河。"

"人都变成了蚂蚁。"耳边传来他俩的唧唧私语，我静静聆听着他们说的一切。在飞机上，能看清云的形状，山的脉络。这一刻，他们像两个快乐的小孩，我像个大人，而这正是我期待已久并为此激动的时刻。

在昆明的一条步行街上，我决定带他们去吃一次西餐。

"吃西餐怎么样？"虽然我这么问，但我心里已经打定主意。

"没有吃过可以试试。"父亲从来不会拒绝接受新鲜事物，那是正值冬末，他穿着一件巧克力色的皮衣，下身穿一条湖蓝色的牛仔裤和一双擦得锃亮的黑色皮鞋，他出门一定会带上一管鞋油。我们三人一起向步行街内的百货大楼走去，经过一幢幢或新或旧的高楼大厦。假日里，这条街比平常热闹多了。人们急急忙忙从咖啡馆出来，大多是年轻人，三个五个，结成一气，臂挽臂，踱步向人群更多的广场走去。店铺员工带着不安的模样，在走道中央张望着，招呼客人。

到了百货大楼的七层，餐厅里正在播放英文歌曲，里面的光线是暗淡的紫色。我点了牛排、虾、沙拉、奶油汤、糕点、鱼与薯条。当我打算点一瓶白兰地时，父亲制止了，他坚持只要一瓶啤酒。第一次的尝试并未给他留下深刻的印象，对他而言，"除了家乡的菜，在外面永远吃不饱"。

南地气候好，冬日里并无萧瑟之感，只是万物似乎更深沉寂静了一些。冬天的黄昏，我们沿着翠湖边的石子小道，或者车流如织的大路，漫步了许久，太阳正好悬挂在林荫道路中间，暖黄的阳光披洒下来，铺成金黄色的道路，路边的郁金香迎着它荡漾。那片湖宁静而清澈,有温顺的海鸥飞到跟前,在人们掌中啄食。我们已经有一年没有见面了,我能感觉到父亲的目光时常落到我身上,刚开始我很不自然,逐渐地,我习惯了这种长久的不舍的目光。

我们的第二站去了云南边境的梁河县城。从昆明乘坐飞机到芒市后,再搭乘两个半小时的大巴车才能抵达。路途遥远,在那个被群山环抱的边境小城,我为他们订下一个有现代化卧室的酒店房间,水晶吊灯,大理石地面,蒸汽浴室,还有一个长满了百花木莲、新樟、红果树和石楠杜鹃等花团锦簇的亚热带植物的露台,露台外面是一个宽阔的游泳池和一片精心修剪的草地。没有再比这个房间令父亲中意的了。

这个靠近缅甸和老挝的小城即便在冬日,白昼也漫长而迟缓,落日的余晖洒在金粉涂饰的佛塔上,天的一边开始黯淡下来,同时另一边,一大块金色在天心展开。街上行人慢步踱着,有几个身着傣族服饰的妇女过去,眼里透出一种慵软,带着酷热添给她们皮肤的那种山茶颜色。他们觉得世界从来没有这样美过。傍晚,晚霞映衬下的淡紫色天幕上只缀着一颗耀眼的星星,父母迈着缓慢悠闲的步伐一起走着,像一对享受青春的年轻情侣一样亲昵无间。到了泳池边,父亲穿着我买给他的黑色泳裤站在岸边,纵身一跃,像一条飞鱼般钻入水中,自由自在地从泳池的一边游到另一边,溅起层层水花。此时霞光柔和,景色迷人,即便闭上眼睛你也能感受到空气里遗留的温度和水波的声音。当你以为这是生活中理所当然的存在时,你还远没有到能够想到死亡的年龄。

我上次见父亲这样欢快,还是二十多年前在村里的那条小河里。

他穿着裤衩像条光滑的泥鳅一头扎进河里,漫无边际地游来游去。此时,这条河距离停放他遗体的地方只有一百米。

一阵噼里啪啦的鞭炮声在我耳边响起,浓烟和刺鼻的火药味儿弥漫在山坡上。玫瑰色蜡烛的光亮,透过清晨的薄雾,好像穿过云烟的阳光。棺材放进土坑前,我们按"占坟"民俗在墓内放一双父亲的鞋子,昭示那里是他身亡后的住所,坟墓的主人。灵柩即将入土,雷道士让我取出那双鞋。那是一双父亲生前常穿的棕色皮鞋,鞋面皱巴巴的有几道褶痕,裹着一层灰,鞋底粘着些墓穴里的红土。我把它们放在土堆上,它们失去了主人,被遗忘在荒野。雷道士在父亲的棺木上继续作法。他说,头七的时候,父亲的鬼魂要回来接受烧纸,由两个鬼役送回来,我们要买好香烛纸炮,在当天中午十二点之前,按照他告诉我的四个位置烧完。最后,他给我一张写有父亲首七和尾七日期的纸,嘱咐我在相应的日子把这张纸烧掉,我把它叠好放进背包里,却忘记烧掉,就这样一直带在身边,去了很多地方。等这噼噼啪啪的一阵喧闹结束后,所有人都会离开,只有父亲还留在那里,没有任何人来扰乱这沉寂。

父亲离开的第四天,坟墓的修建大体上已经完成,两个工人正在石碑前的地坝上搅拌水泥和沙子,修砌最后的石栏。我从看到他随棺材入土,再到泥土掩埋,坟身搭建,父亲逐渐被封存起来,永远睡在土地下。一座刻有父亲和我名字的墓碑伫立在我们共同生活过的土地上。

那天一早,我回老家替父亲的坟墓铺上一层薄薄的泛红的土壤。我站在他的墓室上,一铲接着一铲,我告诉自己,父亲已经从世上消失了。跪在他坟前时，我一句话没说。因为他根本听不到，我面对的只是一块冰冷的墓碑。我们把他的身子送到这儿来，但是我怎么才能抓住他已经逃遁的灵魂呢？也许在未来遥远的世纪里，这块静默无言的绿色天地将会被沉寂覆盖，他的名字将留在绿色的树梢和温润的空气中。这也是我从死亡身上找到的一个无法逃遁的现实。

父亲离开后的第五天早上九点，我和母亲乘车前往医院，办理父亲的出院手续。我们需要先找父亲当时的主治医生开具出院证明，于是再次回到父亲当天实施抢救的重症监护病房，门口前的银色铁椅上依旧或躺或坐着几十个等待结果的重症病人亲属，病人的父母、妻子、丈夫、孩子。和之前一样，他们空洞的眼神茫然地望着那扇门。

我有些恍惚，母亲说，又回到了这个伤心之地。等待二十分钟后，我们拿到了父亲的出院证明，白纸黑字写着父亲的病情：感染性休克；重症感染；Ⅱ型糖尿病；全身多器官功能衰竭；重度血小板减少症；电解质紊乱；低蛋白血症；肝功能不全；肾功能不全。

下午，我去医院开死亡证明。医生把一张写着死亡原因的纸片放到我手里时，我看到父亲的名字和"死亡"两个字，我无法把它们联系起来。

带着最终的医学上的死亡宣判，我们离开了病房门口那些与自己命运相似的人。回去的街道上遇到一些父母平日里熟悉的人，他们问起父亲的情况和死因，之后脸上露出难过和惋惜的表情。所有人都说，他们眼里的父亲看上去精神矍铄，不像生病的样子。死亡会引发人们内心的震颤，当然，他们的遗憾是短暂的，因为他们是旁观者，这个记忆中的影子迟早会从心里抹去。

父亲离开后的第十天上午，我去了他生病后治疗过的第一间小诊所。那个男医生正在给病人开药，诊所里的椅子上坐着两个中年病人，我向他索要我父亲2月17日和18日的就诊记录。他从隔壁堆放药物的房间里拿出一摞病历本，翻了一遍，没有找到，又在办公桌边沿上找出一本病历本，翻了两遍，唯独缺失我父亲那两天的记录。

父母在这个街区住了六年，这条街和我们在农村生活时的那条街道很像，安静，经过的车辆很少，邻居彼此熟悉。他们和这个医生彼此熟识。父亲生病第一天去这家诊所时，医生还和他开玩笑。

他回忆说，父亲当天全身不舒服，呕吐，他因此判断为肠胃型感冒。

"你知道我父亲有糖尿病吗？"

"……不知道。"

他看了我一眼，眼神里似乎有愧疚，我不确定。我只知道，如果父亲活着，以他的性格，一定会去问个究竟。我看到他诊所的一面墙上挂着卫生部门下发的规章制度，上面写着医生要询问病人病史，并做好问诊记录。

"医生不应该做好病人的记录吗？"

"对不起。"他说完这句话，坐在办公桌前，意识到这是他职业生涯中一次无法挽回的失误。我接受他的道歉，但我并不打算原谅他。

接下来的每个夜晚，我都在等父亲出现。我在漆黑中竭力睁着眼睛，望着如黑色细沙钩织成的夜，像一个空洞的灵魂，想把这黑暗看穿，等待父亲的灵魂出现，或者任何能显示父亲以某种方式存在的神谕。

结果什么都没有,除了无边无际的黑夜。我醒着到天明,那时我知道,无论怎样难以接受,事实是父亲已离我而去,并非与我同在。

永远的分别是一件痛苦的事情。有时我会责怪自己当初没有学医,那样结局可能就不一样了。但生命中总会有各种各样的意外,有难以逃离的宿命。

过去三十年,我和父亲谈天说地,但从未谈及死亡。只是在我们聊起一些命运中的挫折、困顿的际遇时,他会慨叹人生,活着到底图个什么?像在问我,也像在自问。

他们都和我说,你父亲算幸运的,没有经历太长时间的痛苦,而且你已经长大了,有些人在更年轻时,他们的父亲就去世了。这些话于我起不了任何作用,痛苦是不能比较的,死亡也不能。

人们喜欢背地里谈论他人的死亡。那个县城的街道上,一些关于我父亲死亡的消息还在流传,有惋惜的,有难过的,也有漠然的。在这之前,我带着母亲,和父亲的遗像离开了。

离开前的下午,两个姑姑带着我去了流经县城的长江对面的天子山上。车子沿着山路盘桓而上,那条路父亲走过,我站在他曾经站过的地方,俯瞰整座小城,望向如一块青布的江面和行驶在布面上的船只。我害怕时间像江水一样往前走,所有人将他遗忘。

无论怎样难以接受,这个世界依旧按它原来的样子运转。小姑返回新疆喀什继续当她的纺织女工,二姑坐在她邮局的工位前每天面对无数客户,大姑忙着招待她饭店的客人,爹爹坐在他的老爷椅上和哮喘作斗争。

我在过去的工作中采访过很多次死亡事件,但我始终只是旁观者,我的悲悯,无法和死者建立任何联系,无法体会那些纠缠着当事者的情绪。我曾在采访一些痛失亲人的当事者时,想象着如果没有了父母,这个世界将会是什么样,这个可怕的念头让我打了个寒战。

在这之前,我一直都将死亡视作发生在别人家的不幸,它发生在别人的父母、兄弟姐妹、丈夫妻子身上,却从未想过会降临在自己的亲人头上。我在他们身上看不出太多衰老、生病和死亡的迹象,这一切只会在漫长的时间流逝之后悄然来临。直到我最亲的人突然离开,第一次面对死亡,这个生命最后的义务。我无法若无其事,第一次感到死亡会吞噬一些活着的人,令他们在回忆里盘旋。真的,你会在任何时候想起他。走路,吃饭,看书,睡觉。他无所不在。

我偶尔会在梦里见到父亲,梦见他在笑,穿着那件我买给他的,他最喜欢的棉皮衣,但没有说一句话。这样的梦有过几次。最后,我再也难以忍受让人混乱的梦境。但苏醒过来后,我不禁回味梦里的每一个细节,再和现实对照,确认这些情节是否都发生过,一遍遍又加强了对它的记忆。

我生平第一次对黑夜的降临感到恐惧。黑夜里,人们停下手里的活儿,回到自己的家中。外面的世界变得异常安静。但是黑夜会追到每个房间里,让人无法逃离。距离天亮还有很久,我就醒了,精疲力竭,清醒地闭着双眼,想着今后还要活的无数个年头。

母亲也隔三岔五梦见父亲,梦里她没见过父亲的影子,便四处问人寻他,一夜未果。父亲的生活戛然而止,他的人生被锁在了那一天,然后在时间里渐渐老去凋零,落进回忆。一个人的消失并不会掀起多大波澜,尤其是一个平淡无奇的普通人。他们离开这个世界,就像天上少了一颗星星那样并不起眼。生命的凋零和盛放同时交替更迭,生者的日子像一条绵延的江河进行下去。

我的父亲从这个世界消失了,只有我,觉得他还活着,只是远行到某个我见不到他的地方。他将以父亲的名义永存。

第二章
太阳落下之前

处理完父亲的后事,我决定去见一个人,一个算命先生。一年多前,母亲找他看过命势,他曾说父亲腋下一寸之地有颗红痣,这颗痣如果越长越大,父亲会面临很大的危险。至于多大的危险,他没明说。

我信他,是因为母亲说父亲那个地方的确有颗红痣。我想去见他,想验证他口中的"危险"是否确已发生。

午后,县城一条狭窄的街道上,母亲在前面带路,我跟在她后面。县城依江而建,循着山势层层而上,群楼起伏于山崖绝壁间。这里是山城特有的高低起伏的地貌,每条大路小路是相似的弯弯曲曲,起起伏伏,没有办法一眼看到路的尽头。我们穿过这里人流最长最拥挤的街道后,母亲在一条长坡石梯前停住脚步。

二十年过去,那条坡道的景象几乎没有任何变化,青石地面两旁,依旧是县城人流最多、最挤、最吵、小贩最密集之处。四周耸立着几栋高楼,像几条长长的水泥手臂,将这条陈旧的街道揽入其中。

我们沿着狭窄的石梯往上攀爬,两边的小饭馆、杂货摊贩连成一条线,蜿蜒而上。半途,母亲停下来,示意我眼前那个男人就是我们要找的人。

和我头脑中绘制的算命先生不一样,他不是白发老者,也没有蓄长胡子,没穿青衫长袍,没有手持纸扇。这位算命先生是一位四十来岁的普通中年男人,在算命场里摸爬滚打了十来年。他坐在一张矮木凳上,身体略微前倾,眼神深邃,神态从容,短发,穿着一件黑色棉衣,顺便守着一摊符纸和命理风水的小册子。

四个花甲老人把他围在中间,他不紧不慢地一个个看过去,旁边的路人来来往往,熙熙攘攘,丝毫不影响他的专注。

终于轮到我和母亲,我期待他开口说的第一句话。但他上下打量了我和母亲几秒,什么也没说。

"你不记得我之前找你看过吗?"母亲先开口。

"记得,当然记得。"

我给母亲送去一个眼神,示意她什么都不要说。

他歪着头看了看母亲的手面纹路。

"你今年要经历一次内丧和外丧。"

"内丧是什么?"我迫不及待地问。

"就是你的爷爷奶奶或者外公外婆有人离世。"

他并未提到父亲,没有我期待中的料事如神。随后,他又说了些生活和工作中的其他运势。我未细听,恍恍惚惚看着在石梯上蹿上跳下的人,不知道自己为什么会来找这个算命先生。我一向不相信他们的故弄玄虚。

等我回过神来，母亲已经主动说出父亲去世的事情。算命先生脸上看不出任何波澜，他只说这都是命。短暂的静默后，我付完钱拉着母亲离开了。

我意识到我内心不应该去质疑他，那只是他糊口的工作，是一些人的寄托。我无法要求他准确告诉我父亲的死亡日期，这并不能改变一个人的命运。

沿着去时那条嘈杂拥挤的坡道往下走，我重返现实，这座于我有些陌生的县城，它像一条时光隧道，把我拉回过去。

越过人群和车流，我们站立的对街曾有一家照相馆。我十八岁生日那天，父亲带我去了县城最拥挤的这条街道上的一个电子产品的卖场，当时流行 MP3，班里很多同学都有，我内心也渴望有一个。父亲第一次送我生日礼物，他让我随意挑选，我透过玻璃罩看到一排摆放整齐、款式精美的 MP3，价格几百上千不等。虽然他是我父亲，但我内心经过一番激烈斗争后实在没好意思选择一个更贵的。最后我选择了一个 125 元的 MP3，玫红色的外壳，银色镶边。这个小小的播放器一直被我带在身边，尽管它很快在科技产品的更迭中被淘汰了，但是我一看到它就会想起父亲带我去买礼物的那个下午。

回去的路上，穿过人流，父亲在前面走，我在后面，路过一家照相馆时他突然停下脚步，一个涂着艳丽红唇的中年女人缠着要我们进去照相。我内心排斥这陌生的热情，出乎意料的是父亲一口答应下来。我们穿过一条逼仄的小巷，看到那些张贴在门口的花花绿绿的相片，踏进那家叫"旧时光"的照相馆。照相的人让我和父亲牵起彼此的手，那是我们日常生活中没做过的事情，他的这个提议让我们陷入不知所措的境地。

最后父亲主动握住我的手,摄影师不断提醒我们靠近点,流露出更多温情。在我的记忆里,那是我第一次握着他的手,粗糙而温暖。照相机"咔嚓"一声,留下一张我和父亲的合照。年少时不曾放在心里,等到年纪渐长,照片刻下的记忆越来越清晰。那种感觉我至今难以忘怀,而且我愈发确定那就是父亲的感觉。如今,过去的楼房早已拆除,照相馆也不知去向。

我和母亲穿行在人海中,把过去的足迹甩在身后。在我眼里,这是一座不华美且悲哀的城。这个县城所处的区域是山区,低地覆盖着丛林,被长江和山脉包围,鳞次栉比的楼宇在不同高度的地势上跳跃。从远处看,一些楼房像悬在空中。

三十多年前,中国农民开始怀抱梦想,舍弃土地,离开家园。到城市去,到工厂去,在那里,血汗可以换来希望。大概是1999年,我父母放下农村的土地,进城打拼。

县城里没有我们的房子。之后的十八年里,我们一直在县城的贫穷地带流转。我们换了九处住所,在一个地方居住的时间几乎从未超过两年。从一个苦力工人聚集的地方迁徙到另一个棒棒、小背儿(用一根木棍或背篓帮人挑背重物的人)扎堆的地方。这些地方的景致都差不多。那里是一个地下世界,充斥着各种赌徒、盗贼、小偷和流氓恶棍。

进城第一年,父亲和母亲住在一个小山坡上,那里是县城的暗部,像一座被遗忘的孤岛。脱离城市的主干道,往一侧的青石小路走,一直到路的尽头。就算是白天,那里连一个人影子也没有。

在十几平方米的单间里,房间里只有一张床,一台电视。进城时,父母只带了几件换洗的衣服和锅碗瓢盆,其他所有东西都留在乡下的房子里。电视是四年前在农村时,父亲花了一千块钱买的,那时家里有钱。锅碗瓢盆都一条线沿墙边摆放,煤气灶和煤气罐一起放在墙角,衣服和其他杂物堆放在另一个墙角。

从一开始,他们就没想过永远留在城市,那里只是暂时的生存栖居地。父亲的一天是从清晨五点开始的,闹钟准时把他吵醒,用前夜留下来的冷水洗把脸,一杯白开水和一个鸡蛋填完肚子后,迎着蓝靛色的天光出门工作。他在城里开夏利出租车,一个月工资七百元,母亲在面包车上当售票员,一个月工资三百元。但房租每月就花去一百元。

父亲不换班,从早开到晚,这活儿总是在半夜收车回家,我迷迷糊糊中听到父亲吃剩饭的声音,咳嗽的声音,叹气的声音。这些窸窸窣窣的声音揉进我年少时的梦境里,以至多年后,我时常在梦里回到那些场景中。

那本写着 A1 的驾照是他最为骄傲的一件事情,他常自豪地说,这个级别的驾驶水平,就好比有了大学一本的学历,到哪都不缺活儿。进城不到一年,他对县城纵横交错的大街小巷、犄角旮旯已经了如指掌,像是打出生就生活在这里一样。

进城后,廉价的苦日子一去不返,代之以一种昂贵的苦日子。驾驶员是一份高风险的工作,每次父亲外出,如果迟迟未归,我和母亲的两颗心一直悬着,直到听到他回来的脚步声才能落地。

县城不比乡下,自是少了些烟火气和人情味,父亲的交游狭窄,在外人面前,他是话语稀少的一类人,他有时口没遮拦,提起一些看不惯的现象就要慷慨激昂地大骂一番。不过他眉宇间那种世俗的直率与豪爽的气质,对于任何人来说,都是真正的魅力。

到城里了,父母他们也是和从农村进城的农民打交道的多,并不生分。这里无分贵贱,三教九流,贩夫走卒,皆为生计奔走。和我父母一样,这些人都是这个城市里孤独生长的野草,自生自灭。他们像田里的杂草一样,被当作荒草斩草除根了。

父亲的生活里没有额外的消遣。只是喜欢抽烟,一天四包,开车犯困时吸烟让他恢复精神,母亲总把劝他戒烟的话挂在嘴边,抽烟会损害他的身体。

"你应该戒烟。"我也重复母亲的话。

"没那么容易。"

"有毅力就一定可以。"

"我试过,但失败了。"

我想他戒烟的决心超过他自己的决心。在父亲三十九岁生日那天,我买了一口透明玻璃制的烟灰缸,但他把烟灰缸存放起来,一次没用过。后来我突然发现,他身上的烟草味儿淡了,家里的烟头没了。他悄悄把烟戒了。他不说,我也不问,一切像没有发生,日子照常走着。但他的确做了一件了不起的事情,戒掉了一天抽四包烟的瘾。他隐藏起来的毅力战胜了我的决心,如同石头一般坚硬。

县城里,水泥地、钢筋建筑物、地砖和铁板,封印了土壤原生的生殖力,门口和阳台那方寸之地成了母亲的小菜园。母亲还是习惯在废旧的塑料盆和胶桶里铺上泥土,在门口或窗台种上几株小葱和小叶菜。待它们成熟了,太阳底下,满目的绿,手一伸,一捧绿油油的蔬菜转眼就到了沸腾的锅里。母亲总是说,自己种的菜,没有污染,再健康不过。

父母进城后,我见他们的时间并不多。那时我在乡下的学校读书,只在周末去城里,见父母一面,有时回村里大姑家中。

星期五的下午,进了城,我在他们的出租房里,发呆,看电视,等父母回来。一片布帘隔开我和父母的区域。父亲说,我要去城里住,只有考进城里的高中。望着那块本是床单的花布,我暗自忖度,如果是住在那样的地方,不去也罢。

不到一年光景,老旧的房屋要拆迁改造,父母搬到一公里外的平房里。这个房子是仓库空出来的一间,阴暗潮湿,弥漫着一股发霉味儿。

这条街上,老百姓的生意做得如火如荼。瞬时间,我被淹没在一片叽里呱啦的火热叫卖声中,有擦鞋匠、菜贩、电话亭、江湖郎中,还有卖酥油饼的女人。其中,卖油饼的女人们的吆喝声力压众人,她们大声叫卖着络绎不绝的人们最爱的方便食品。周围不绝于耳的嘈杂声。

搬家没多久,春节要到了。我们要去二舅家过年,二舅住在城里。他是越南战场上的兵,从战火里活了下来。

九十年代初,二舅从部队退役后被分配到县城当交警,单位给他分了房,二舅带着农村的舅妈和表姐住进了城里。他的经历赋予他身份和地位。二舅像个天生的警察,他身材高大挺拔,穿上警服,戴上警帽,面色威严而坚决。

七岁时第一次进城,是去二舅家。我坐在父亲的蓝色川路货车上,越过一段段坑坑洼洼的土路,车子从狭窄、颠簸的泥道驶进明亮、平坦的柏油路面,向县城深处奔去。我像刘姥姥闯入大观园一样大开眼界。

城市和人一样有它自己的节奏。县城里的人流和车流是乡村集市上的数十倍,在人声鼎沸、街道喧嚷、内燃机的轰鸣声和鸣笛声中,我仿佛置身于一个摇摇欲坠的世界。车站外的出租车和小汽车熙来攘往,不像村里那样只有偶尔一两辆,或只有突突的拖拉机,这里有成百上千各种各样的车子,喧噪的喇叭声四起,废气扑鼻而来。

二舅家位于一栋七层楼房的第二层,踏进交警大队的圆拱形石门,经过一片放有假山的水池和一道走廊,屋子里铺着水泥地板,两室一厅的开敞格局,纯白的墙面,和乡下低矮暗黑的土墙房子分明属于两个世界。二舅家有一个长方形鱼缸,缸里的鱼有红的、黑的,在水中飘摇的绿色海草,和农村河里小眼睛、草绿色、扁脑袋的鱼不一样。

大我两岁的表姐主动拉着我玩,大方而自然。我挣开她的手,本能地退缩,红着脸低着头,奋力缩到沙发的一角,或是躲到母亲身后。她那样干净的脸,我也是头一次见,娇脆的轮廓在我看来美得不近情理。相比而言,我就是一个乡下来的土头土脑的脏小孩。

表姐指着大理石茶几上各种我没见过的糖果,让我自己拿着吃。我僵直着身子,眼睛盯着托盘,却怎么也不好意思伸手去拿。直到她抓了一把递到我面前,我才羞涩地接过来,小心地剥开糖果的外衣,像剥开一个新奇的世界。那是我第一次吃到那么美味的糖果,表层是白色的巧克力，里面是酸酸甜甜的果汁，我一口气吃掉了十几粒。

那个夜晚，我住在表姐房间，和她睡在一张床上。推开表姐荔枝红的房门，一股淡淡的水果清香盈鼻而来，不像乡下，房间里只有柴火和泥土的味道。墙壁、床单和被罩都是干净的粉红色，好像里面住着一位公主。墙上贴着几张当时流行的美少女战士海报，墙角立着一个书架，上面摆放着安徒生童话全集和几本科幻小说。我站定在房门口，痴痴地望着，手脚无处安放。

表姐洗完澡从浴室走出来，穿着粉红色的睡衣，边用手撩头发边问我要不要洗个热水澡，我抿着嘴点头。她从衣橱里找出另一套淡粉色睡衣，放到我手中，让我洗完澡再换上。我不敢直视她的眼睛，眼神总是游离和躲闪。

那是我第一次用热水器洗澡。表姐帮我拧开，教我怎么使用，告诉我往左边拧是热水，右边是冷水。从喷头流出的几十条细水串唰唰地冲洗着我的身体，不一会儿整个浴室里飘起热气腾腾的白雾。昏黄的灯光洒在白雾上，将雾气撕成一条一条的帘幕。我使劲揉搓着自己黑黝黝的身体，害怕有没洗干净的地方。

换上表姐舒软的睡衣后，我趿着拖鞋走进房间，小心翼翼地躺在床上，整个身体陷入软绵绵的床垫里。被子很轻，不像在家里厚重的棉被有时压得我喘不过气来。我感觉自己睡在轻柔的云层上，不敢动弹，缥缈着进入了梦乡。我像灰姑娘住进了城堡，靠着表姐的衣橱，当了一回公主。

白天，母亲帮着舅妈一起在她家顶层天楼的会议室打扫卫生，在空地里种菜，在这些事情上，母亲是最可靠的帮手。那里在母亲的打理下，成了硕果累累的菜园，又大又扁的南瓜像在地上打滚，蒙着灰尘的出角的叶子底下露出黄澄澄的黄瓜来。

有次离开县城，我和母亲走在一条喧闹的街道上，一个七八岁的叫花子伸手向母亲要钱。他头发结成一卷一卷，脸上像被黑色的刷子涂抹过，但眼睛清澈明亮。我把手里的半个面包递给他，那一刻我对母亲说，把他捡回家吧。母亲站在那犹豫不定，最后说捡来的孩子养不家，拉着我离开了。

每次离开县城，我都像离开一座庞大的宫殿。从柏油路面驶入黄土路面，城市渐渐退到背后，大路两旁开始出现一些荒凉杂芜的景物，坟茔，松柏，荒山，然后是我熟悉的散落的一个个村庄。城市的灯光逐渐远去，四周笼罩在河谷低地一片漆黑的黑夜里。

等我和父母搬进城里，才发现不是一个世界。每次进城去亲戚家我心里发怵，城市和乡下在我的意识中界限分明，一个是天，一个是地。这就好比一个在梦中见到了辉煌的城堡而醒来一切都不复存在的孩子会感到失望是一样的。

处处都是对照，各种不调和的地方背景，全都硬生生地给掺糅在一起。你到那繁华的一段路，又不一样了。女孩儿们都打扮得玲珑精致，男孩们也都整洁清爽。那里没有狗蛋和二娃。

在县城，如果吃不饱你会感到尤为饥饿，因为所有面包店的橱窗里都陈列着如此诱人的东西。城郊的菜农果农大清早坐在街边，把自己种的新鲜蔬菜水果摆放在篮子里，卖个好价钱，乐滋滋地往家里赶。

虽然我们进了城，但到底还是农村人。我们住在同一个城市，住进不同的房子里,穿不同的衣,吃不同的菜,我们一样活着。在这里,等级的区别是鲜明可辨的。

住在不属于自己的家里时,父亲也会不经意间提醒我这一事实。

"家里的条件只有这样。"父亲说。

"我知道。"

"不能满足你的要求。"

……

"我们来城里,主要是为了你。"

……

"一切都要靠自己。"

我继续点头。

"你是知道的,我们没有办法和那些富有的人家比。不过,现在这个世界的一切都在好起来。"

"我从来不和别人比。"说这句话时,我只是让父亲安心,随着我一起长大的还有我心里的自尊。但那时,生存是唯一的问题,至于其他的问题,我年纪太小了,根本谈不到。

搬到城里的第一年,我在城里度过了第一个春节,城里有烟花,我第一次见。那烟花在江边绽放后像瀑布从夜空里流下来,毕毕剥剥地响,明灭流转,把天空映照成五颜六色的,有几分钟照亮了半个县城,照亮了父亲和母亲的脸,照亮每个人的脸。接着,烟火的光彩慢慢消失,空气里飘着一片火药云。

半年后,我们搬进了位于人民路的"家"。那是套两居室的公寓,没有风扇,没有室内卫生间,只有一个便桶,对于一个习惯了室外洗手间的人来说倒也不会觉得不舒服。

屋外几米外便是菜市场。不同于其他任何市场，这里是从早到晚都闹哄哄的，我把门关得严严实实，也有像苍蝇一样的声音在耳边响个不停。紧邻的屠宰场把乱七八糟的残渣丢到地上，剁碎的脑袋，腐烂的内脏，动物的粪便，在阳光下静静地漂浮在一片血污中。虽然在一天的忙碌后他们会收拾这些烂摊子，但那股血腥味儿长久地飘荡在空气里。暗淡的地面上的那些污水潭里，映出一摊摊天光。哪怕你紧闭门窗，那股呛人的气味儿还是会从一丝一缝里钻进来。

在那里，和之前一样，没有多余的空间容纳第二张床，晚上，我便去小姨家和外婆挤一张床睡。我总是拖到很晚才去她家，踩着橘黄色的路灯和车灯，黑夜缩短了。

我们没有邻居。唯一的好处是门口多了一家杂货店，父亲下班后喜欢在这家店购买香烟和啤酒。看店的老人沉默着一张脸，每次都慢吞吞地从货架上取下烟和酒，我未曾见她笑过。

十年前，她跟着女儿一家从农村到城里，经营着这片小店，日子渐渐好起来了，七岁的孙子却患上白血病，花去了全部积蓄，人还是走了。老人更沉默了，和这个城市的夜晚一样沉默。

四季轮换，县城里的夏利车和桑塔纳逐渐被淘汰，新型出租车出现在大街上。挣的钱没有花的多，父亲又辗转帮人开中型客车，拉客的线路从县城到距离三十公里的任家镇。八辆客车组成联运车队，挣到的钱几家人平均分配。

那几年，我正在镇里的中学读书。每个星期五的下午，他开车到我们学校外面接回家的学生。他会把最前排的位置留给我,每次我都看到他站在校门口往我教室的方向张望,远远望去,一个模糊的人影儿,踱着步子。

他有时会捎袋大米给我,忧心忡忡地提醒我吃多点。那时我体重大概只有五六十斤,父亲有时也忍不住说我像只瘦猴子。我们之间没有太多的话可说,他每次都叮嘱我好好读书,我点头,然后各自离去。每回都重演这一幕。

在同一条营运线路上,从县城到丰都县的大巴车也会经过这条线路。重合的线路上,免不了为争抢客人发生矛盾,两辆车一横一竖摆在路中间,乘客中起了一阵骚动。

一个皱眉怒视着说,你把客人全装起跑咯。

另一个怒目圆睁地说,人家愿意坐我的车。

一个说,你把车票杀到五块,我们七块,客人选便宜的坐,我们怎么赚钱?

另一个说,你们把发车时间排满了,我们一个客人都拉不到。

一个说,拉客凭的是本事,谁遇到谁有钱赚。

另一个说,你狗杂种断了我财路,你不让我活,你也活不了。

一个说,不活就不活。

吵来吵去,最后拳脚相向,只剩车上的客人看热闹。嘈杂而无用的喇叭声让父亲烦躁不已,一路上跟好几个司机互相用粗话大声辱骂,甚至差点儿下车去跟其中两个打架,被人拦住了。

骚乱平静下来,人人回到了位子上,车子继续往前开,司机继续骂骂咧咧的。争来抢去也解决不了问题,父亲为此心力交瘁。他只是个打工的,并不想卷入纷争。直到丰都的车主明面上答应不再装县城到镇上那条路上的客人,一切又都恢复了表面上的秩序,暗地里仍旧在偷偷摸摸载人。

这个客车联盟毁于一次车祸。一个夏天的晚上,所有客车都收工回到停车场内,司机向兵刚停好车,走下车,另一辆客车失控地冲过来,向兵在悄无声息中被车轮碾过,死亡。

后来两家人闹僵了,开始打官司,客车联盟解散了。父亲也决定不干了。

工作再找,家继续搬。第五次的住所我是再熟悉不过的,那里是二舅家在交警队的旧房子。我考入县城的高中后,二舅家搬进了新居,我们可以搬到那里暂住。所有东西用绳子一捆,我们从西搬到东,穿过城里最肮脏、最糟糕的地方。

房子似乎能识别身份一样。它像一座凋敝的宫殿,装载着回不去的旧时光景。那条街道空落落,静悄悄的,随着威严褪去,车流越来越少。沿街步行时,只看见湿漉漉的漆黑街道,关了门的小商铺,一两个卖狗皮膏药的小贩。往日沿街吆喝的菜贩都消失得无影无踪,无家可归者在街上游荡。

新的城区在开发,其他有钱的人都搬走了,整栋楼只剩下我们家和另外一户人。这里和昔日我到舅舅家那热闹繁盛景象判若两个世界。时光像水一般流过了不少,时势已经改变了。城市的那一片,夜晚灯光越来越少。往右拐进一个边沿贴着鹅黄色瓷砖的圆形拱门,小池子里水已干涸。楼道里腐烂的垃圾越来越多,一年四季的潮湿和浓烈刺鼻的尿骚味儿。满天楼顶的花木,没两三年的工夫,枯的枯、死的死、砍掉的砍掉,太阳光晒着,只剩满眼的荒凉。

　　从外面看,这儿就像战俘集中营一样阴郁。我们住的地方在地下二楼,外面铁门已经锈迹斑斑,和里面的木门一样,锁都坏掉了。那把冰凉的锁不停地生锈,冬天我一个手指头都不想碰到它。最后那扇门完全没有办法反锁,我经常独自在家,父母不在家时,我把扶手椅和小写字台拖过来顶到门上,建起一道不可逾越的堡垒来抵御心中的恐惧。

　　黑沉沉的穿堂过道,过道又暗又长,客室里有着淡淡的太阳与灰尘。这一天,我终于如愿住进了表姐粉红色的房间,但那里什么都没留下,也不再有粉红色。那所房子已经很旧了,屋内四壁斑驳,墙上的漆开始掉落,蒙上一层灰暗的颜色。厨房外有一方天井,我经常站在厨房的门口往天空望去,房间很暗,向上看去的天空都是灰暗的。空中乱纷纷地浮动着污浊的云,看上去好像是一大片泛着泡沫的污水。暴雨肆虐的天气里,这间房子立即陷入危急状态,雨水顺着墙壁渗进来,在天花板上像霉菌一块又一块洇开来。

　　每次搬家,母亲都会扔掉一批废旧物品,最后,留下来的东西越来越少。只是电视机一直带着,那张褐色的、靠背上画着梅花和一只白鹤的皮沙发是小姨送来的旧沙发,日子久了,表皮渐渐磨破脱落,露出黑色的里子。

　　在那里,我算是有了自己的房间。关上了灯,黑暗从小屋里暗起,好像比过去更暗,一直暗到宇宙的尽头。我有一张弹簧单人床,我在它上面看书,写作业,望着窗外发呆。风从那扇黄木边窗户挤进来,在我脸上撞开,散去。其实那个窗口有三分之二的空间被墙挡住了,透过剩下的三分之一,风从那里溜进来,我能看到鱼肚白的天空。外面的植物从窗户伸进来,影子印在墙上。

冬天,那里很少有蓝天。但能看到一些树。这座城市有很多树,一年四季的绿,每天你都能看见春天要来了。终于有一天清晨,一夜暖风将春天忽然送至。有时候几场寒冷的大雨又将春天赶回去,以至于春天似乎永远也来不了了,持续的湿冷,让你一度以为就要在生命中失去这个季节。可是,过些日子,春天最终会来临。

我的房间里,别无他物,显得空荡荡的。离那里不远处是清冷孤寂的长江河岸,冬季寒风萧瑟。夏天倒也凉快,因为晒不到太阳,常年阴阴凉凉的。

房间里异常安静,我经常一个人在家。窗外的风声雨声都听得真切。雨滴下来的声音像音符,又破碎成更多更小的音符,随即飘散殆尽。山风、江风,呜呜吹着棕绿的、圆叶子的树,时间就这样过去了。

夜里,我快进入睡梦时,听到楼道里传来咚咚咚的脚步声,父亲回来了。楼道里的灯全坏了,这废弃的房子,自是不会有人来修缮。他手里的打火机一揿一松,忽亮忽灭,声音越来越响,越来越近,钥匙插进锁孔的声音,推门的嘎吱声,父亲摸黑进了屋。见到他回来,所有的忧虑便烟消云散了,我才安心睡去。

天亮了,这个小县城里的每个人都像早起的公鸡开始忙碌,尤其是菜市场,各种叫卖声讨价还价声此起彼伏,就连少有人光顾的弄巷里,门面小贩也早早把门打开。旁边工地上施工的轰鸣令人难以忍受,锤子的敲击,水泥灰和焦油烟让空气变得混乱而窒息。

我们楼下住着一对中年夫妇和他们的两个不满十岁的孩子,女人名叫英子。我常见她抱着两岁的儿子游荡在交警队的大门口,她永远穿着一件劣质泛旧的红白相间格子衬衣,从身边经过时,散发出油烟和汗水混合的味道。

英子块头大,个儿不高,但体格壮实,长着一张坚毅的脸。她的眼睛很漂亮,那张和善的、黝黑的、有几处麻斑的脸,使我一见就喜欢。

英子不爱说话,总是冲我笑,问她话她也只是笑。这笑容里有几分不知所措和无所适从,也许是穷苦生活让她的记忆变得麻木,只得以微笑来掩饰过往。她男人常年被支气管炎和肺结核缠身,这病一咳起来就让他直不起身子,日积月累,他的背越来越佝偻,黧黑干瘦,衣服松松垮垮地挂在他身上,走起路来轻飘飘的,像没有肉身的幽灵。

他只能干些轻松的活儿,成天提着个修鞋的箱子,坐在马路牙子上等生意。从现实考虑,这对一个没有前途可奔,靠着极其微薄的收入,同妻子和两个年幼的孩子一起在生存线上挣扎的流亡者来说,算是不错的慰藉。但那条街上本来就寂寥无人,他等上一天,方木箱子面前的座椅上仍是空无一人。

"他们怎么生活?"我好奇地问母亲。

"路上捡那菜农扔的烂菜叶子配稀饭。"

"那怎么能吃饱?"

"没法啊。"

穷人的友善世界也有它黑暗的一面。后来,英子男人把修鞋箱丢一边,没有人,甚至他的家人,清楚他那阵干什么营生,虽然他总是摆出一副有事经手的模样。一段时日后,他开始贩卖蜂蜜。但他那蜂蜜不是真正的蜂蜜,而是用白糖和水熬出来的。这种生意太过低级,难免有坑蒙拐骗、不干不净的时候,装神弄鬼的把戏只能骗骗和他一样的乡下人。

背井离乡,命运如浮萍的人更容易亲近彼此。母亲时常给他们送去吃的。那日,母亲让我捧半个西瓜去英子家。他们那层楼更黑更暗,那里本来是仓储间,走廊里伸手不见五指,只有走廊尽头的一扇小小窗户透进来微弱的光,这光渗不进太深。

我刚到那层楼的走廊,碰到英子,她带我去她房间里。那屋子里的一面墙上,嵌着一座坟墓,坟上字已经模糊不清了,不知道为何当初修建时刚好选在那里。我一进去就两腿发麻,整个世界像一个蛀空了的牙齿,麻木的,暗沉沉的没点灯,空气里飘着腐烂潮湿的气味。

"你们不怕吗?"我轻声问她。

"不怕,有什么怕的。"英子含笑回答,"有个窝就不错咯。"

后来,有段时间我周末回家,没见着英子一家。听母亲说,她男人的病更重了,没钱医治,躺在家一个星期了。后来男人病死了,英子没钱打电话给亲戚,借母亲的电话,找两个棒棒把尸体抬到殡仪馆,放了三天两夜,才火化后拉回农村的家埋了。

处理完丈夫的后事,英子带着两个孩子嫁回农村,和一个比她大二十岁的男人生活,又生下一男一女两个孩子,先前的两个孩子已经外出打工了。她还和以前一样,抱着新出生的孩子在家门口站着,很少的话。那以后,我没再见过英子。英子一家走了,那栋破败的旧楼里就剩下父母和我一家人。

这座城已经存在了上千年,而我们只在城里存在了几年。父亲带着我和母亲,继续在这个小城里流浪。城市的流动像一首高潮起伏的曲子,我们途经之地像一首曲子低沉和忧伤的部分。

父亲从未发表过任何他关于这座城市的想法。这个县城里到处都是和他一样奔波求生的人,他不过是其中之一。这都是和贫困之间的斗争,一场你永远赢不了的战争,除非你分文不花。

可是父亲从不觉得自己穷困。一个在四十岁的时候认定自己是失败者的人,一直在试图改变现状。进城七年后,父母多少有了些积蓄。他们看中了一套小商品房,首付三万元。但一场意外终结了这个做了多年的梦。

那时我高二,除夕刚过,那天早上,父亲骑着摩托车出门去一个镇里的亲戚家拜年。那个寒假的晚上,母亲跟车去了另外一个县城,我一个人在家,疲困中趴在床上看书,等父亲回家。夜里,我突然接到父亲的电话。

"女儿,我不行了。"父亲的声音很微弱。

我一时没有反应过来,愣了几秒。

"你……你在哪里?"

"我在一座桥下……"

话没说完,电话已经断了。我看了看手表,正好是夜里十二点,我的眼皮逐渐重得张不开了。

那个夜晚,父亲仰面朝天地躺在冰冷的泥水之中,那条路他至少走过上百次,无论是过去开货车拉砖头还是开中巴车拉人。躺在阴沟里,他想到了死亡,但他的头脑异常冷静和清醒。那一带没有路灯,他能闻到乡野的味道,但血液顺着鼻子和眼睛流下来时,他只能闻到血腥味,整个世界像沉睡过去。

我慌乱地跑到交警队外五百米的玉溪大桥上,附近只有这一座桥。子时已过,桥上无一人影,城市大半的灯光都熄灭了,只有那几根高高的柱子上永不熄灭的霓虹灯光,也很少有汽车开过,桥下是静谧的长江,像酣睡过去。江面上漂着两盏灯塔,微弱的光在水里摇摇曳曳的。

我再打父亲电话,而在那头,电话死寂。母亲的手机也是关机。我在桥上徘徊,从这头跑到那头,一时竟不知道打电话给谁。那一刻,甚至父亲可能被绑架的念头从我脑中闪过。

茫然中我回了家,坐在床上继续等,排除其他想法后,我认为父亲只是醉酒,或许早在亲戚家睡着了,心里没往坏处想。等着便睡着了,我以为那是一个梦。

直到第二天早上七点,手机铃声响起,才发现一切都是真的。霎时间我感到漂浮在不确定的深渊上。母亲告诉我,父亲正在医院救治,让我赶紧去。那日清早落着小雨,冷风刮在脸上,我慌乱中跑出了交警队的大门口,穿过马路和一条狭窄歪斜的小巷,爬完一坡湿漉漉的梯子。石梯是滑的,降着雾,有一股朦胧的湿润的黑暗包住我,渗进我心里。雨水把这条街道破坏殆尽,隐藏起来的垃圾从四面八方被冲出地表面。我第一次觉得这个城市如此荒凉。再过一次马路,继续爬完长长曲折的石梯,到了医院门口,我的胃里翻江倒海。

我赶到医院时，看到父亲躺在病床上，正被推进 CT 室内进一步检查。母亲和二舅面容憔悴地站在他病床旁边。

后来我才知道，那晚上父亲在回城的路上，他骑车经过一个弯道，对面一辆大车的灯射过来，他一个恍惚，冲到了三四米深的阴沟里，不知从哪里来的一根钢筋从眼睛旁刺穿他的眉骨，血液顺着他的眼睛流，流到衣服上、手机上。他说他的眼睛被什么东西黏糊住了，不知道是血还是汗。

等他从 CT 室出来时，我看到他整个脑袋都被纱布缠绕起来，只露出嘴巴、鼻子和一只眼睛。如果钢筋稍微扎偏一点，他的眼睛可能会瞎。他用另外一只眼睛冲我眨眼，我才感到安心。

我不知道那种疼痛有多剧烈，也无法读懂心电图的波纹在屏幕上的闪动，但父亲看上去很安详。他在昏睡中醒来，一只眼睛看到医院病房的天花板，接着听到邻床两个病人清晰的对白，他意识到自己没有死。

"你现在感觉怎么样？"他醒来后我问。

"我以为自己要死了。"声音很虚弱，但听得很清楚。

"已经没事了。"我安慰他，也安慰自己。

"幸好你没跟我去。"

那天走之前，父亲问过我要不要和他一起去，我不喜欢走亲戚，算是躲过一劫。我看到他嘴角有一丝浅浅的笑。那时，我有一种强烈的感觉，重新拥有了一个父亲。我在他床边待了几个小时，看着他睡去，醒来，睡去，醒来，慢慢恢复了一些精神。

三天后，父亲在病床上度过了他四十一岁的生日。父亲活了下来，命不该绝。我和母亲轮流去医院给他送饭，喂他，照顾他。他的手机上全是血迹，干了之后变成暗红色，留下一个手印，凝固后的指纹像印泥一样粘在手机壳上。母亲说，躲过这么大的灾难，父亲一定会活很久。父亲只是笑，他在心里把坏事转化成了好事。

出院时，医生说，父亲脸上的伤也会留下后遗症。

"什么后遗症？"我和母亲异口同声地问。

"他的面部神经已经受损，以后左边的脸几乎没有知觉的。"

"那没关系，手脚完好能干活就行。"父亲根本没放在心里。

我知道，在他一生中，他从来都不是逃避沉重打击的那种人，他对死亡的恐惧从来不及对丧失尊严的恐惧。只是我看到他毫无生气地躺在病床上，很难将他同那个充满活力的父亲联系起来。

他后来时常让我用手指按压和拍打他左边没有知觉的脸，笑起来时，分不清是疤痕还是皱纹。医生没有告知的另外一个后遗症是父亲的一条腿落下永久性创伤，无法完全蹲下去，此后他每一次大便都需要借助一把椅子的力量。总之，他的身体不可能再像从前那样正常运转了，肌肉和下肢已经不能准确地听从神经系统的指令。

有了新的严酷的考验时，无助绝望的念头就抛在了脑后。但灾难却没有结束的时候。同年十一月的一个寒夜，我和表弟在家里看电视，父亲突然失魂落魄一瘸一拐地冲进家门，不平稳的气息让人感觉他随时都会倒下。

"我撞死人了。"他说完这句，颓然倒在沙发上，右小腿的血在流，和额头上的汗一起，他好像没留意，只坐在那里出神。

"撞到谁了？其他人呢？"我像钉子一样定在那里，昏昏沉沉地不知道说什么。

"人已经送到医院了,不知道情况。"他眼神涣散,惊魂未定。

那晚,父亲借来朋友的面包车送大姑和二姑一家人回农村的家里,不料车子在下坡时失控,侧翻至路边,撞倒了两个行人,车上的人没事。

母亲给二舅打了电话,二舅赶来处理事故现场,救护车把被撞的人拉到了医院。那两个被撞的人一个轻伤,一个重伤。轻伤的人在医院待了一天离开了,重伤那个腿瘸了,最后要我们赔给他二十几万。

父母准备买房的钱全部搭了进去,保险公司承担一部分,但还差点。最后只能借钱。那天父亲把自己关在屋子里打电话,电话那头是大姑,父亲三个妹妹中的一个。父亲找她借钱,我透过门缝,第一次看到一个无助弱小的父亲。听不清他在说些什么,不过我分明看到,他在抹眼泪。在以后的人生中,我从未忘记在那短暂一刻所看到的情形。

看到父亲哭了,我也忍不住哭,跑到厨房哭,不让他看见。许许多多冷酷的想法像蛛丝网一般飘黏在我的脸上,无论我怎么摇头,都无法把那网子摆脱掉。

父亲出来后,说解决了,便钻进厨房烧水。水快沸了,老式铝壶的壶颈像鸭脖子一样向外伸出去,壶嘴往外喷着一股白茫茫热腾腾的水汽。他把手按在壶柄上,可以感觉到那把温热的壶,一耸一耸地摇撼着,并且发出呜呜的声音,仿佛是一个人在那里哭。他站在壶旁边只管发呆,一蓬热气直冲到他脸上,脸上全湿了。他脸上是一种遭遇失败、自尊受伤后的表情。随着时光的流转,我在接下来的年月里再度看到过那样的表情。

　　这座城市的所有悲伤随着冬季的头几场冷雨骤然而至。度过祸不单行的一年,母亲说年头和年尾的灾难是连在一起的。父亲说,倒霉运气该结束了。

　　父亲身体日渐恢复,开始在城里开公交车。不像过去起早贪黑,都有固定的班点,早上七点,他开车在城里循着指定的线路来来回回,兜兜转转,车上的乘客换了一拨又一拨,只剩他长久地停留在车上。

　　父亲有一帮兄弟,大都是一起跑车的司机。无论是过去还是现在,他们大多做着苦力,神情阴郁,像木头似的埋进工作里。父亲算是他们当中最开心的一个人。不时三个两个的来家里找他喝酒,母亲必定备上丰盛的下酒菜。

　　那日,一个在甘肃做传销的熟人来了家里,这人之前和父亲一起跑车,明面上的日子过得红火,脖子上套着大金链子,手腕上绑着大金表,车子房子都不缺。那人已经做到了头目的位置,手下领着一帮队员,他来的目的是想邀父亲入伙。

　　父亲默默听他唧唧咕咕说了半天,等他结束后,父亲说,你来喝酒我欢迎,其他事我就当故事听听。那人便不好再说什么,喝了两杯酒便离开了。

　　父亲说,那就是骗人的事,他清楚得很。有些人表面上看起来像你的朋友,可是到最后,他们会把你送进监狱。而他刚好相反,他这样的人,无论社会怎么样,他都打算恪尽职责。这样之外的世界他不感兴趣。日子虽是苦点,但越线的事他不会做。在过去的几十年,他办事向来是循规蹈矩,一丝不乱的,现在他应当有始有终才对。无论好与坏,父亲照他认定的方式活着,在不碍着别人的路上走着,他只是一个安分守己的人。再从头生活一回,他还是那样,不再像年轻时那样带有种种苦痛烦忧。

事实上,母亲不喜欢他与那些人来往。父亲说,曾经一起跑车的兄弟,吃过共同的苦,哪里好意思不来往。后来没多久,父亲听说这人在甘肃被抓了,判刑十年。老婆带着孩子跑了,车子房子全没了。父亲和另外几个朋友一起去甘肃看过他一次,后来也断了联系。

在交警队的旧楼里住了三年后,听说长江的水会涨上来,把那里的一切淹没掉,我们必须寻找下一个住处。父亲和母亲从来没有想过在城里安个家,对他们而言,那就像在沙漠里寻得一块绿洲一样难,努力并不一定换来丰厚的回报。接着几天全用在物色住所上,便宜是唯一要求。他们搬进了另一个相似的地方。对于新"家",我没有任何期待,它一定更糟糕,也预示着家里的经济条件每况愈下。

年少时的我有些不想去那个陌生的"家",但无处可去。这处离长江更近了,冬天的风拂过长江水面,带来了清透冰凉的水汽。那屋里非常冷,墙壁上的白灰已经剥落了,露出青灰色坑坑洼洼的水泥,看着就冷。

父亲喝着母亲从街对面的小商铺打来的高粱白酒,让全身暖和起来,精神也随之振奋。他常说,人穷点没关系,要有志气,要活得开心。他一直在苦难面前保持做人的体面。

父亲出门前有他的仪式和考究,每天一清早醒来,盥洗完毕,接着把脸上的胡子刮个精光,再涂上大宝。他必定是身着时下最流行的西装,挤一捧泡沫般的摩丝喷在头发上,瞬间光滑油亮,三七分发式,再用手往后一挽,头发都听话地服服帖帖往后躺着。最后,皮鞋擦完油之后出门。我和母亲说他像个纨绔子弟,他散发出的气质和这个灰头土脸的家极不相称。

在这个小城市,因为没能停止漂泊,在亲戚眼中,父亲是一个失败者,一个不争气的人。他们习惯对那些过着比他们更阔绰生活的富人恭敬和顺从,而对那些在穷困边缘挣扎的穷人嗤之以鼻。他们会当着我的面说,你看你父亲那个不争气的家伙。这句话我听到过很多次,像锥子似的刺进我心里去,每次都咬牙切齿地听着。即使我只有十岁大,也已经很清楚别人怎么谈论我的父亲。谈论发生在别人身上的事情很容易,因为那是别人的。就这样,我从少年时代起便领教了这种直接的鄙夷,这种鄙夷带有一种几乎无意识,但却有着丧失亲善的高傲。我在世俗偏见的包围之中,逐渐产生了逃离父亲的想法。也正是这个原因,我对任何一个亲戚都有强烈的距离感。如果要去一个亲戚家里,到了门口,我会犹豫要不要进去,有时站在门口停了半晌,最后在一阵自我鼓励后才继续往前走。

他们对他的态度,让我在童年时期更渴望有一个见多识广、有钱有地位有声望的父亲代替这个孤陋寡闻、无知无畏的父亲。我内心矛盾的是,他无端受到苛责时,我总想站在他身边,替他打抱不平,因此也更怨恨那些看不起他的人。他这一辈子所做的真正的工作,那个无形的艰巨工作,就是让自己成为一个有尊严的人。

对于那些声音,父亲从不反驳,他没法让所有人闭口不言。那时我似乎没有力气维护父亲的尊严,但旁人的那些话激起了我对父亲社会地位的改变更强烈的向往,我会在每本书上写下自己的目标:不靠他们任何人,我也能活得很好。我的要强像极了父亲,嘴上不说,却已经在心里确认了一万遍。"我知道,你总能实现你的目标。虽然你不是金字塔顶尖的那些人,但你也不差。"他说,他每一次对我的鼓励都像在鼓励自己,我从他的目光里感受到一种信赖。而我最大的目标就是成为一个好学生。

这县里有两所中学,一所是县中学,一所是城中学。除了初中,还有一所初级师范学校,都是为了培养当地小学师资的。只有高中生,是准备将来外出升学的。论师资和学生质量,县中学高于城中学,城中学位于闹市,县中学坐落在郊区,升学率一直位居全县第一,因此这所县中学俨然是本县的最高学府。我心里暗暗以它为目标,父亲并不清楚我心里的打算。他从未流露出在我身上的期待,然而我已经暗下决心,将他丢失的尊严全部找回来。

三年初中后,我考入县城里的高中,是我们村里唯一考上县中学的人。那个时候,父亲还不会当面夸奖我。但是我们的亲戚和他的朋友会在他面前说,他有一个争气的女儿。每到那时,我能从他脸上看到一种从未出现过的表情。这个满足的表情让我觉得连同父亲一起被肯定和尊重,这一切使得一种幸福而慌乱的感觉顿时传遍我全身。那时我意识到,我过去所有的努力都是为了这一刻,为了父亲的尊严。父亲由我而生的骄傲感更是提供给我在人生之路上披荆斩棘的动力,这种骄傲一直持续到他死亡。父亲去世后小姑从新疆赶回来,搭出租车从县城回村,司机恰巧认识父亲,他说他女儿争气,他走早了,可惜了。

这所高中里,一部分学生是从城里的小学直接升上来的,一部分是从各个乡镇中学考进去的。每个星期三,那些城里同学的父母会提着煲好的鸡汤鱼汤到学校看他们的孩子,高三时也有父母在学校附近租房陪读。我的父亲每天都在车上,没有时间给我送饭,母亲偶尔空了会弄两样菜来学校看我。

高中三年,父亲一共来过我的学校两次,一次是我开学去学校的第一天,他扛着我的棉被到处找寝室,等爬到六楼,他里面的衬衣已经汗湿了一大片。一次是我高考那天,他手里拿着瓶矿泉水在教学楼前的操场上来回踱步,故作轻松地让我不要紧张,自己一口一口地往嘴里灌矿泉水。六年初高中,四年大学,路费、学费、膳费、宿费,父亲先是满足了我,余下的钱再作为生活花销。

高中成了一个分界线,在那之前,父亲只关心他的生活,那之后,父亲更关心我的生活。等我到外地上大学后,父亲完全变了一个人。他每天像时钟一样准时,永远复制般的发短信给我那三个短句:在干嘛,吃饭没,睡没。时间长了,我变得有些不耐烦,也只是简短地回复他:吃了,睡了。他还是按着他的性子,每天问我那三句话。有时,他喝了点酒,话更多了,他会说,我这辈子最骄傲的事就是有你。我没有回复他。

我大学暑假回家,还是那座城,那间没有空调的房子。夏天,父亲怕热,头皮里渗出来的汗把他的头发一绺绺捆在一起,那风扇推送过来的风是热的,他头发尖上结出汗珠,一阵阵地冒汗,把一套条纹布的睡衣全湿透了。

盛夏最热的日子里，父亲每天下班后提着一瓶啤酒，有时会称二两凉拌猪耳朵。母亲再煎一碟花生米，炒两个菜。父亲和我让母亲上桌吃饭，她总会找不同的理由拒绝，锅里烧着水，太热了吃不下，肚子不饿，待我和父亲吃饱后，她才端起碗夹剩菜吃。

"喝吗？"啤酒打开后，父亲问我。

"喝。"父亲往我的玻璃杯中倒了半杯啤酒。

"在外面可不能喝酒。"他边倒边说。

我点头，望着杯子里争先恐后往上冒的酒泡，满足地吃上一顿。冰冰凉凉的山城啤酒，从我的喉咙流经胃里，把整个夏天的燥热都从我身体里面浇走了。我看见啤酒滑进父亲喉咙，他张着嘴巴发出悠长的叹息声，好像得到了全部的满足。父亲说，我只能喝一杯啤酒。他又问母亲喝不喝，母亲说，啤酒只有一瓶，喝了就没了，她不喝。

每次我回家，父亲和我总有说不完的话。他会问东问西，想了解的是世界的多面，不管是其真实的一面，还是其消极的一面。父亲总能和年轻人打成一片，他好像有种深藏不露的本领，关于年轻人的话题他从不陌生。关于年轻人的喜好、生活、工作，他都有能力进行一番建议式的或全面的讨论。等我说完了，他喜欢回想过去，喜欢讲述自己，似乎这样一来，他就可以一次一次地重度此生了。

后来我在外地工作，他买新衣服也会回家穿上身后拍照给我，有时是在服装店里，询问我对于款式的意见。尽管他很得意于自己穿着整洁，还总陶醉于穿上做工考究的新皮衣或是一套新式西服，如果这些衣服是在打折时购买的，他会尤为高兴。可在别人看不见的地方，他总是偷懒，贴身的秋衣和内裤袜子总要母亲催着他换。

就这样，我和父亲之间身体上的隔阂随着生活的流逝自然消失了。在我长大之前，这种隔阂深深浅浅印在日常细节里。我想，正是对这种与父亲迅速拉近距离的感知，导致我从大学开始，就想真正去了解他。虽然在我更小的时候，就意识到想替父亲改变他的命运，甚过改变我自己的命运。

在这个县城停留的时间越来越久，我们住的地方没什么变化，吃的穿的都没变。父亲和他的人生在这个城市飘啊飘，扎不下根。在这个县城里，除了我和母亲，他仍旧一无所有。

我们进城了，看起来似乎把其他村民甩在身后，但事实上我们的情况更糟，重新回到了贫困线上。如今，生活起了变化，日子好过多了，村民们不再像过去那样要忍受寒冷和饥饿。每次回村，村里人都说，我们越来越像城里人，父亲说，哪有什么城里人乡下人，还不都是为了生活。无论走到哪里，父亲永远都是异乡人。

日子重复了十多年后，2019年的春节，我们终于在属于自己的房子里，一个具象的家里，度过了第一个春节，也是我和父亲一起度过的最后一个春节。那是在他被送进抢救室的半个月前，二月上旬的一个周日，我带他和母亲去渣滓洞。那几天是旅游高峰期，乘车去的路上，车辆行进缓慢，在距离终点还有一公里的地方，我们乘坐的出租车已经停滞不前将近一个小时。

父亲有些不耐烦了。"刚刚你错过了那个红灯。"他对司机说。

在一个红灯左转的路口，后方不断有车辆插队汇入我们前面，而那盏指示灯几乎在通过两辆车后又由绿变红，我们的车一直无法前行。

"这次我不能让后面的车插队了。"司机说,但他转弯调头后,车辆仍是拥堵不堪,此起彼伏的汽笛声加剧了内心的烦躁,我们决定下车步行。

渣滓洞在半山腰上,走到山脚下时,上山和下山的人填满了整条狭窄的道路,此时最快的交通工具是摩托车。我们搭乘摩的抵达山上时,已是中午。山上熙熙攘攘全是游客,游客取号才能进入游览。渣滓洞那天的游客数量已经饱和,不再发放更多的号码,父亲和母亲在景区大门口拍了张合照,我们打了两辆摩的从山上穿过拥挤的车流和人群,辟出一条狭小的通道,一路曲曲折折返回山脚。

下山之后,父亲的体力明显下降,额头上冒出一些汗珠。他看上去很疲累,因为有糖尿病,他流了很多汗,肚子饿得快。他把手放在肚子上说饿了,一到饭点,他总是第一个嚷着要吃饭的人。我们四处寻找吃饭的地方,我在手机导航上搜到了离我们最近的饭店有五百米,他像个孩子一样不停问我还有多远的距离。

我顺着导航钻进一个巷子里,父母跟在我身后,越往里走人越少,巷子两边是挨挨挤挤破破烂烂的旧楼房。

父亲有些焦躁不安,"你确定这里面有吃的吗?"

"马上就到了,过去看看吧。"我像哄小孩一样说。

又走了几分钟,在道路尽头有一家没有招牌的饭店,我们在店门外面的一张桌子旁坐下来,点了仅有的两三个小菜。吃完饭,父亲好像又充足了能量,变得兴高采烈很有活力的样子。

这是我和父母第一次过由我主导的春节。度过了拥堵的第一天后,第二天,我决定带他们去家附近的电影院看一场电影,父母一听电影票每张要六十元后,都摇头摆手说不进电影院。他们的记忆仍停留在县城里十元一张电影票的时代。

在我的坚持下,他俩好不情愿地进了一个有松软舒适躺椅的观影厅。我买了三张《唐人街探案2》的影票,我们在影厅第四排相连的三个座位落座后,前面几排空无一人,后面几排疏疏落落坐着一些人。

电影还没开始,我听到了父亲轻微的鼾声,扭头一看,他已经仰面靠在椅子上睡着了。看得出来经过昨天一天的徒步后,他的疲累还没有散去,我没有叫醒他,任由银幕闪现的光影在他脸上跳动。

电影看至一半时,我再扭头看,父亲正睁大双眼盯着银幕看得入神,直到电影结束。这时我才意识到,他已经有十多年没看过电影了。

"好看吗?"放映结束后我问他。

"后半部分挺好看。"

"那是因为你错过了前半部分。"

"那时我可能正在做梦。"他说这句话时下意识看了看前方,像是在回忆那个梦的情节。

那天傍晚,父亲邀请他的一个朋友阿勇到家里吃饭。阿勇十年前和妻子离婚后独自抚养女儿长大,他现在在一个工业园区当保安,女儿已经快大学毕业。他正在等待着这一天到来,女儿或许能改变他的命运。

阿勇是父亲到县城后认识的第一个朋友,父亲把家里最好的酒拿出来招待他,我用相机拍下他俩坐在沙发上的合照。阿勇说,父亲梦想成真了。

那个夜晚,我们聊起过去认识的人,聊他们的出现和消失。聊起母亲年轻时的爱情故事,她被另外的男子追求。

"听说还给你写了很多信?"父亲假意吃醋地说,还扮了个鬼脸。

"我一封都没有回他。"母亲笃定地说出这句。

"你怎么选择我了?"父亲有些故意地问。

"你家的条件算好的。"母亲家在山里,父亲家在沿河的低地上。

"那会儿真是年轻啊。"

我们三个人放松地躺在沙发上,我听着他们回忆年轻时的故事。不知道从什么时候开始,我们每次见面都把时光消磨在回忆中。

"幸亏你跟了我,才有现在的福。"父亲说。我看见他脸上露出笑,漾开在空气里。空气脆而甜润,像夹心饼干。母亲像个年轻姑娘那样轻笑不语。

接着,我们聊起以前在县城时的一个邻居,那家的男人因为生意失败,欠债几千万,终日过着躲藏的生活,大概除了他的家人,没人知道他去了哪里。他女儿结婚那天的婚礼上他也没有出现。而且以他家庭目前的情况,要还清这些债务几乎没有可能,这意味着他只能躲躲藏藏一辈子。这个人正是我们借住在二舅家交警队的老房子时期的邻居。

"这样的生活还有什么意义呢?"

"每个人都有不同的方式活在这个世上。"

就这样,我们还提到了英子,说到那些在困苦中,已死,将死的人,说着那些我们共同认识的人,或许他们都已经到了苍老的边缘。

我们谈了好多过去的事，彼此都记得那么清楚，许多记忆像是从地下水池里喷涌而出。那些故事好像被时间蒙上一层灰。父亲说，这一生，注定要经历很多事。母亲也说，这一生，注定要经历很多事。

夜里十一点，母亲催父亲睡觉，他没有起身的意思。我也提醒他早睡，最后他笑意盈盈地回到房间。据母亲说，父亲那晚兴奋得睡不着觉，他说那是他的一个梦。梦的话，原本只有在梦里才能实现了。但现在一切都是真的。

父亲似乎从来不觉得自己能在城市扎根，能喜欢上城市的生活，所以他经常说希望老了以后能回农村生活，城市对他来说太过复杂和缥缈。那天他还说，以后他老了想回农村，盖一座小房子，过那乡土气的生活。比起城市生活，幽居乡下，欣赏欣赏大自然的景色是一件令他更愉快的事。他无法放弃他和自己的土地及乡人的最后一点联系，在那里他是有根的。

"我现在最大的愿望，是回老家安一个家。"他说这话的时候，好像自己已经到了暮年，其实他正坐在客厅里餐桌的一头，二月的阳光从那扇落地窗户里涌进来，照亮了屋里一半的角落。但他身上的大部分地方都保留着年轻时的活力，唯有第一次车祸留下的眉角的伤疤清晰可见，以及一只膝盖无法下蹲。他担心自己到了不能自我料理的老年，将会被别人嫌弃，但他坚决不去养老院，在他看来那意味着耻辱、抛弃和可怕的孤独。如果是这样，他宁愿一个人在家里死去。

"你不想跟我一起生活吗？"那时我打算以后去上海定居。

"你有你的生活，我可以时常去看你。"他回答得很自然，似乎在这件事上他已经想过无数次了。

眼下,漂泊半生,他有了家。每天晚饭后他习惯到小区东转西瞧,小区附近有几条路,有哪些商店,他都摸熟了。大冬天的,南方没有暖气,回屋后,父亲把鞋脱了,他的两只手放在后背,光着脚在房间里转来转去,像是要把每个角落都看够,然后不停地问我:电视机是不是小了点?开放式厨房会不会搞得油烟到处都是?这是他第一次在自己真正的家里挑剔和发表意见。我第一次见他那样。现在,我们在这个世界有了自己的房子,有一个可以回去的地方。瞥见这个清新的居宅这样静雅,或许没有人不想做它的主人,直到咽气那天,始终有一个阳台,一个书架,一张舒软的床或者其他什么梦想。这些梦想的东西最后变得十分明确,我终于体会到那种人与房子的羁绊。

那几天是我和父亲相处的最后日子。我一直最害怕的是父母变老,但没想到提前面对的是死亡。至少,我记忆里,父亲永远不会老去。我想象过他老了以后的样子,和大多数老人差不多,皱纹刻满脸庞,牙齿掉光,头发全白,走路颤颤巍巍。但他那定好型的头发一定还是整整齐齐躺在那里。似乎,他再也不会是他了,即使他可能和原来的他很像。

第三章
河里的夏天

和城市相比,乡村几乎是另一种语境。我和父母生活在兰河村,这个村子总共有二十来栋红土的、木头的和石头的房子,随意分布在一个荒芜的小山头上。

二十世纪八十年代,父母婚后,跟爹爹奶奶分完家,拥有了一间两层楼房,外表刷上一层白石灰,墙体里面包的是石砖和泥土的混合材料。母亲十八九岁时从村外的街上经过,穿过小河和秧田,远远见过这幢白得发亮的房子,它在一群灰色砖头和木头房子中格外显眼,心里不禁暗暗向往过。等她和父亲相亲后,她第一次去爹爹奶奶家干活,才知道自己可能会成为这栋房子的主人。

房子虽说略微暗淡陈旧,可是在翠竹林下很阴凉。一楼永远有一股活鸡的味道。牲畜的粪便气味在空气中扩散,窗台上留下一小坨一小坨像螺蛳一样的鸡屎,母亲会不定期清理干净。墙角有一扇发黑的木门,连通了我家和爹爹家。但那扇门永远没有打开过。靠近楼梯的墙角堆放着干农活的工具,镰刀、锄头、簸箕、背篓、扁担、犁。

　　从木板楼梯往上爬入二楼,二楼是寝室,地板是木块拼接而成,一前一后摆放着两张套着蚊帐的木床,父母的红色木床靠近通向阳台的楼门,我的柏树木床靠近楼梯口。父母床头靠墙立着一台三峡牌白色电风扇,一个红色的衣柜,衣柜里塞满了衣物,那些衣服大多是二舅家的表姐穿剩的,潮湿闷热的夏天,打开那扇门就飘散出一股热烘烘的霉味儿。一张红色的桌子,一把破旧的竹藤椅,底座上已经有了一个盘子大的窟窿。那是母亲出嫁时二舅送的陪嫁礼。两个红色木箱子,里面塞满了衣物。这些都是父母婚姻的产物。楼门口的墙壁上用熟米粒贴着一张印有周慧敏头像的日历,一年的十二个月都在上面。她涂着鲜艳的红唇,戴着珍珠耳环,无论我站在任何角度看她,她都在对着我笑。

　　这间房屋四季阴暗潮湿,屋顶有两块透明的塑胶瓦片,日出后,能够看见天光,两束亮光从那里射进来,尘埃在光线里飞舞。皓月当空时,那两块亮瓦极透,屋子里非常宁静,可以听见老鼠在楼板上奔跑,偷吃口袋里的大米。有时,老鼠会钻进箱子里咬破我们的衣裳。母亲站在箱子前骂那些老鼠,可是这些可恶的畜生并不会消失在黑夜里。我们已经习惯了它们的打扰,躺在清透的月光之下,酣然睡去。深蓝色的光从塑料瓦片漏进来时,我隐隐约约听到母亲在灰蒙蒙的清晨清扫地坝的扫帚声,伴随着此起彼伏的鸡鸣狗吠声。

　　那青灰的瓦片一块块地铺在上面,像一条条鱼的脊柱。椽子上垂着一盏透明的像要枯竭的电灯泡,只有在天黑尽时才会被点亮,时间长了,白炽灯的灯罩发出烫手的热。几根长而圆的木头横穿在头顶,屋顶黑压压一片,有时我生怕房顶塌下来压到身上。

夏夜的雨声噼里啪啦打落在青瓦片上,清脆悦耳。先是分明的一滴两滴三滴,接着无数雨点一齐降落,像从收音机里蹦出的音符,连成一首优美的曲子。

木板铺成的阳台往前延伸出去,踩在上面会像弹簧般一弹一落,透过木板间的缝隙可以清楚看到楼下地坝发生的任何事情。那里是我的秘密观察基地,爹爹奶奶从楼下经过的一举一动我都看在眼里。爹爹骨瘦如柴,脸颊干瘪,傲气十足,上坡干活儿时,他叼着烟杆,扛着一把锄头,步伐坚定地从我们家门口路过。他们两个人虽然生活在同一幢房子里,但他们很少说话,而且分房住。爹爹住在堆放粮食杂物的老屋,奶奶住在日常吃饭活动的房子里。

阳台的另一个角落,砖块砌墙,形成一个小阁楼,每年燕子便在那儿筑巢繁衍。站在阳台上能望见漂满绿色繁密浮萍的池塘和一丛茂盛的竹子,越过竹子还能看见插满秧苗的稻田,眼前从一团墨绿跳跃到一块块的翠绿色。在晴朗的夏日里,可以远眺那条无名小河的河岸和蹲坐在那里钓鱼的村民。

住在这里时,我在这个覆盖着如小型四叶草般的浮萍的池塘里捕过青蛙,把它们的两条腿卸下来烤着吃,味道不同于猪肉或者牛肉,那是青蛙的独特味道。我把剩下的青蛙残体埋进土里,插上几根野菊花,当是给青蛙办了葬礼。

我家房子和池塘之间有一个几乎被枯黄的竹叶覆满的平地,院子里散养着十几只公鸡和母鸡,还种了几株一人高的柑橘树,有几只公鸡常跳到树上,踩在枝丫上咯咯叫。粮食紧缺,这些鸡都长得极瘦小,很难下蛋。隔一两个月,母亲挎了半篮鸡蛋,领着我,上镇里的市集去卖。鸡蛋虽小,但红润好看,卖得很快。回来时,我们带了盐巴、菜籽,母亲给我买了虾条或麻辣根,有时还用马兰草提着一块肉。

每天一早,母亲打开一楼的窗和门,这些鸡就急急忙忙迫不及待地奔出来,散到竹叶和草丛中去,不停地啄食。有时又抬起头来,一个个小脑袋很有节奏一顿一顿地转来转去,顾盼自若。到了傍晚,母亲抓了一把碎米或苞谷粒,一面撒着,一面"咯咯"叫着,这些公鸡母鸡就都即即足足地从四面八方回来了。它们把碎米粮啄尽后,就鱼贯聚集到墙角,咕咕囔囔一会儿,就缩着脑袋寂然无声了。

门前的一棵柑橘树每年只结八九个果子,有时被鸡啄了个窟窿,有时自己掉落地上了,剩下可吃的也就三四个。有一年课堂上学了《小橘灯》,我回家后摘下一颗最大最黄的柑橘,把果瓣吃空。父亲用削铅笔的小刀在果皮上镂刻出笑脸的图案,做成几盏小橘灯,内里点了小截蜡烛,洒下一片红光。父亲鼓捣半天,就为让我高兴一晚上。那时,我的童年是很美的。

一个酷热的夏天,另外两棵柑橘树晒死了,只剩下一棵直挺挺立在那里。但它不曾结果,长着小孩手掌大小的叶子,独自在风中摇曳,成了公鸡母鸡们躲避阳光和打盹儿的阴凉地。

柑橘树旁边有一丛夜来香,入夜后,送出一阵一阵的清香,那股温馨、浓郁的芳香就在空气里飘荡,压过了夜间其他气味。这些夜来香自开自落,没人理会。花很伶仃,但是颜色很艳。

门口石柱子旁边长着一棵高大繁茂的花椒树,一入夏,满枝丫紧挨着的绿绿的小圆球,散发出浓郁的椒香味。花椒树下摆着宰猪的石台和肉案。

这棵花椒树是爹爹年轻时种的,我时常见奶奶从树上摘取几粒花椒,进入厨房,烟囱冒出一缕白烟,不久后飘出花椒面条的香气。接着听到奶奶站在灶屋门口大声喊爹爹的名字,爹爹清着嗓子从另一头的屋子里出来,穿着蓝色的确良仿中山装,戴着一顶绿色军帽,脚踩一双绿色的解放鞋,从厨房端出一碗青菜白面。

爹爹踏着沉重的步子从我家门口走过去,走进一个小门里,好像走进了一个深深的洞穴,高大的背影消失了。被雨水浸淫过的湿红色木板门又关了,把门上的一副已经褪色边缘破损的春联关在外面。

奶奶在灶屋忙碌时,母亲也在离着十米远的灶屋里做饭,母鸡趴在门口长满绿色青苔的石板上。我们的灶屋是竹篱笆围成的,透过竹缝之间的方形小孔可以看到外面的动静。下雨时,雨水顺着瓦缝漏下来,打湿一片。母亲常找人来家里补瓦,把屋顶那些残碎的瓦片挑拣出来,再换上新的。

这个像竹笼子一样的灶屋狭小阴暗,火苗呼呼地燃着,那木材是这个秋天我和母亲去山林里劈砍捡拾的。灶台上挂一盏十瓦的小灯,玻璃表面上裹着烟灰,散发出来的软绵绵的光照不清东西,但在地上和灶台上散步的灶马子(蟑螂)和鼠妇(潮虫)却看得清楚,占据了厨房的一方领地。有人靠近时,它们都没头没脑一股脑儿地躲进墙缝里。

有时候母亲正在锅里炒菜,停电了,月光下,我们围坐在一盏煤油灯旁边吃饭。我喜欢把鼻子凑近闻煤油的味儿。后来是用蜡烛,起风时,烛光摇曳,熄了又点。停电并不苦恼,我反而喜欢这样没电的日子,因为这里是我的家。

灶屋里有一个水泥长方形灶台,一口水缸,一个碗柜,一张案板,母亲将它们收拾得干净有序。灶膛里的火把她的脸映得通红,像一块红彤彤的透明的玉石。

水缸立在灶屋的一面篱笆前,在阴暗的用陶土做胚子烧结成的水缸中,水看上去清清凉凉,带着一股石头的余味。时间长了,缸底生出一些孑孓。童年时期,为了打发漫长的时间,我曾怀着莫名的惊恐观察这些孑孓,它们身体细长,游泳时一屈一伸,在水里活蹦乱跳的。

后来我从父亲那里得知,孑孓原来是蚊子的幼虫。这时他就会把水全部倒出来,清洗水缸,再从井里挑水注入。我们食用的水只能从村口稻田旁的一口井里挑,平日饮用、炊煮、漱口、洗脸的水都是田地里的井水。井水是雨水所储积,大小虽不止半亩,但并无源头,是死水。父亲天一模糊亮就起来,来回不停地挑三次,一担两桶。村民都赶早,如去晚了,井就空了。

水缸旁边有一个咸菜坛子,坛子里有各种宝物,洗净的手往里一伸,能摸出来豇豆、酸萝卜、酸姜。萝卜干是我和父亲的最爱,母亲在冬月将萝卜一切四块,滤过水,用盐腌一宿,次日取出晒干,放在簟上熟揉,又放入桶里,上边撒盐,次日取出照常做一遍,像这样持续个四五日,再撒上海椒面,散放在簸箕上,晒干即可食用。另一种是酸萝卜,也叫泡菜,它的做法是直接将细小的萝卜放入坛中,和海椒、豇豆一起,腌制四五日便可食用,入口爽脆。

有了这咸菜缸子,我们一年四季都有咸菜吃,咸菜宜下饭,我每回就着萝卜干和酸萝卜，一口气能吃两碗饭。

夏天的傍晚，一大群嗜血的蚊子从粪池中飞起，带着一股化肥般刺鼻的粪便气味，把人团团围住，猪在圈里嗷嗷叫。等天黑透了，母亲打一盆水放在灶屋前的石台上，用铁瓢舀水往我身上淋。外面黑洞洞的，只能听见知了和青蛙的叫声。黑灯瞎火里就把澡洗了。村里有几只黄色和灰色的流浪猫，夜晚，它们像幽灵的影子一般在各个角落里窜来窜去。到了发情期，它们如婴孩儿一般的号叫搅扰着夜晚的平静。

我们村子被一团团的翠竹包围着，我经常穿过竹林回家，踩在脱落下来的竹笋壳上沙沙作响，去竹林里觅全身透绿的竹虫。下雨后，竹叶凝结成一块，踩在脚下，立马像胶水一样粘在脚底。我好去那一带砍下一根小斑竹，制成鱼竿，从土里挖来蚯蚓，截成一小段一小段，穿进鱼钩里，到河里钓鱼。

每年六、七月，乡村会迎来阴雨连绵的天气，整座村庄笼罩在如细纱的雨雾茫茫之中，竹林和秧苗湿答答的。正午时分，湿热的空气浸入，整个村庄变得如蒸笼一样，这种炙热的温度一直持续到太阳下山之后，才慢慢恢复凉爽。村民们在令人昏昏欲睡的八月紧闭门窗，不让外面炽热的空气钻进来，等到了晚上再全部敞开，让凉风入户。

九十年代我所生活的那个村子，还没有留守儿童和老人，小伙伴们的父母都是实打实的农民。村民们过着规律的生活，每日的行踪都有律可循。春鸟秋蝉，鸣声相续。鸡鸣是每一天开始的提示。每天清晨五六点，村子里的公鸡赛跑一样开始鸣叫，这些叫声成为村民们起床的闹钟。他们每早鸡鸣即起，家家户户晨起做早饭，天色乌青,炊烟袅袅飘离烟囱,飞过片片墨绿的竹林,伴随着浓浓的柴火味儿。

饭后,他们带上农具,赶在第一缕阳光出来之前到达自家田地里,伴随一手呵护的土豆、玉米、花生待上一天。自古以来,这里的村民每天面朝黄土背朝天,用手里的锄头翻出最扎实的生活。晨出午归,饭后又出,日暮又归。这些艰苦对于在这个村子生活了半辈子的人来说司空见惯。

夏季的活儿最多,五、六月份扯麻,无数个夏日清晨,公鸡还在打鸣,我和母亲扛着锄头,翻过一座离家一公里左右的小山,赶到坡上的苎麻地里。山里清幽,路边的野草上浮着一滴滴露水,偶有清风从山间吹来。成片的苎麻长得高高直直的,圆圆的叶子和麻皮表面上生长着白色的绒毛,在阳光下看得更清。手一碰,皮肤火辣辣地痒。黑白红相间的麻虫在黏在麻叶上,把绿色的麻叶子吃成一个个小圆孔。我们左手将一根麻的根部拽在手里,右手向下一撮,它的皮和骨立马分离开,我们只要它的皮。它是村民重要的经济来源。苎麻一年可扯三次,五、六月一次,七、八月一扯,九、十月份第三扯,苎麻像被脱光了衣服,麻地里只剩下一小截根茬。

冥冥的薄雾中透出千万缕阳光,天边泛起金黄和蔚蓝的色泽,周围的茂密树丛仿佛已把外界同我们隔绝了开来。此时对面一座更高的山上已经有两三个晃动的人影,我能听到他们挖地的声音,咳嗽的声音,锄头凿进泥土里的吭哧声,在山谷里回荡。

很快就到了令人困倦的正午,山坡的人影都一个个消失了。我和母亲把扯下来的麻丝挽成结,一捆捆绑好,背回家,松开摊放在条凳上,再用铁制麻刀将褐色的麻皮和麻肉分离,麻皮留着做肥料,麻肉晒干后,卖给收麻人。麻纺厂收货价格好时七八元一斤,很多村民家里都屯着成百上千斤的麻,缺钱时就卖上几十上百斤。麻纺厂倒闭后,有麻贩子带着杆秤和麻袋到村里收货,价格贱时跌到一两元一斤。

高岸石壁间瘠薄的土壤,是村民们活命的依靠。斜坡上土石相杂,长满刺桐、泡桐、芭茅、风车草、葎草、藤三七。土瘠薄得很,本是无法耕种的地方,母亲便从稍平缓的地方开始,先剪除爬满各处的草木,然后清理出地里的石头,一年一年拓展她的边疆。七八年间,将榛莽丛集的岩壁变成破碎如百衲衣的菜地。

四四方方的地里以菜为主,每年两季,春末夏秋以豆类、瓜类蔬菜及玉米、土豆为主,秋冬春初则以叶菜为主,也种植花生,甚至还栽了几条甘蔗,不过土地瘠薄,甘蔗全无模样,根细水少。土壤是红色的,胶鞋陷进了泥土里,双手沾满了黏黏的土,干掉后变成淡红色的硬块,洗手的水流出来的是一摊红色的稀泥浆。

父母手里总共四五亩地。另一座山头上有我家的麦地,苎麻收获之前的四月先割麦,一口气割完百把斤的麦子,晒干后做灰面馒头。多少日子以来,母亲背着用竹条编织成的丝篾背篓,我拿着镰刀,顺着山路向上,又向上,爬的山一座又一座。山越来越高,山头和山头挤得越来越紧。土黄小路越来越小,也越来越模糊。我仿佛看到自己,一个小小的人,向前倾侧着身体,一步一步,在苍青赭赤之间的一条微微的白道上走。母亲把割下来的麦穗,一小撮一小撮地捆绑在一起,再一层层的放进背篓里,装好镰刀,背起背篓起身回家。

第三章 河里的夏天

七、八月,田里的谷子等着收割。一早天凉快,太阳升到头顶时,一动不动地挂在空中,把它的热气直接导入我的身体里,我感觉自己和土壤同时在蒸发。父亲从部队退役后,带回来一身军装和一个绿色的军用水壶,我和母亲夏天下地干活时,母亲让我背着这把水壶,水壶里装的水凉凉的,太阳的光完全渗不进去一样。干活累时喝一口,解渴。

　　夏季闲暇时,我常钻进黑压压的树林深处,摘那藏在密林丛中的像小草莓一样的野果子,爬到桑树上采桑葚吃。林间飘着隽永绵长的细雨和油烟味的晨雾,下雨时,雨点砸在树叶上,密密麻麻深深浅浅地响着,鞋子在泥泞的草地上一个劲儿地打滑。开花时乱红一片,晃人眼睛。游蜂无数,穿花抢蕊。我在这里拘过很多蟋蟀,捉过知了、蚂蚱、蜻蜓,捅过马蜂窝。有次一只从荆棘丛林里冲出来的马蜂正好撞到我右脸上,那时我还不知道可以在第一时间用头发把它的刺摩挲出来,结果半边脸肿得变了形。

　　有时不知道从哪里传来的口哨声,把林子里歇息的鸟儿一阵惊醒,直往天空里蹿。这雨说停就停。忽然间,几缕阳光冲破密密层层的树叶,扎进树林,像几只飞舞的蝴蝶,不停抖动翅膀。

　　父亲开车拉货后,犁田的活儿由母亲揽下。每年的十月和来年三月,插秧前,需要犁田。拉犁的牛是爹爹和几户村民合伙买的,母亲因为没入股,不能用那头牛犁田,只得四处借牛。借东西这些事父亲迈不出家门,全由母亲操持。

　　母亲总说:犁田早,病虫少;田要肥,秋天犁。水稻收获后,提早犁田,可以把躲在稻桩内越冬的稻螟等病虫害的"安乐窝"翻个底朝天,使其越冬的场所大部分被摧毁。秋末犁田,温度较高,有利于增加土壤的有效养分,使土壤疏碎,为来年水稻种植做准备。

母亲一手拿着绳鞭,驾着水牛,牛拖着犁,在泡着水的泥巴里划出一道道沟壑,她挽着裤腿,脚和小腿陷进泥土里,衣服上和皮肤上沾满了黏湿的土。插秧最为费力,因为要求对插秧时间和秧苗间距有精确的掌握。水田要保持水深一致,整地、养护水堤需要持续的劳作。到了秋天,这里的农民们会焚烧地里收割后留下的作物茬子,荆棘树篱有时也会跟着起火。晚上我看到这跳蹿的火时,还以为不知哪里失火了。村民们皆是一日重复一日地生活。到了夜晚,村外稻田里蛙声一片,村民家里的灯陆续熄灭,早早睡了。

这个村庄如此平凡,如此渺小,大概只有在那里生活过的人,才知道它的存在。偶尔有飞机从村子上空飞过,飞机飞得很高,远远望去,像一小片白色的云,在蓝色的天幕上滑行。我们只能听到巨大的轰鸣声,像一阵隐藏在云朵里的雷声,慢慢浓缩成一个小黑点,消失在天空中。有时候能看到飞机飞过在天空划出一道长长的云尾,但很快就消散了,天蓝得刺眼。我们从来没有看见过飞机的样子,等我真正坐飞机那天,才发现一架飞机竟然如此之大,可以同时装下一两百人。对我们这群野孩子而言,能听到飞机飞过的声音,就像过年穿上新衣服一样兴奋。

村里不过三十户人家,彼此熟识,谁家养了几只鸡,几头猪,家家都彼此清楚。这里住着的都是孤寡老人和一个个小家庭,它们彼此之间没有围绕一个核心轴转,只是松散地存在着。

这里除了姓袁的就是姓邱的。村里有好几个男孩叫二娃子的。

我家右边五十米处住着二娃子三娃子兄弟和他们的父母及奶奶一家人,屋后面住着另一个二娃子兄弟和他们的父母。

一到吃饭的时间,村子上空飘荡着大人们喊二娃子们的声音。有时候,他们的家人大声喊二娃子的名字,不知道到底喊的是哪家的二娃子,两个二娃子一同回应,几种声音和烟囱里飘出的青烟绕在一起,一时打破了村庄的平静。

我常去屋后二娃子家里看电视,那时看的是《新白娘子传奇》。看电视是要付出代价的,暑假里的每天下午三点,我兴高采烈地跑去二娃子家中,帮他捡柴烧火,做猪食。他家为了省电,要待电视剧开演了,我们方才爬上阁楼,坐在楼板上看起来。在所有楼梯里,我觉得他家的楼梯最危险,因为它又陡又窄。而且,它没有栏杆,完全陷在黑暗之中,我在每次上楼时双眼紧盯台阶,双手紧扶墙面。在木楼板上走起路来吱吱地响,像要散架了似的,木板之间留有五厘米宽的缝隙,一种阴冷加上积尘的腐烂味儿从木板缝透出来。有时踩在缝隙里,似乎要掉下去一样。

父亲见我总往别人家里跑,他决心买一台电视。三年级的一天下午放学后,我回家看到一台"长虹"牌彩色电视摆放在红色的木桌上。父亲花了一千元钱,从县城里搬回这个笨重的机器。在这些方面,父亲很舍得花钱。母亲则相反,吃着生活的苦,在贫困线上长大,一分一毫她都精打细算。为了省电,我们夜里看电视时屋里的灯一定是关了的。父亲通常躺在床上,看着电视就睡着了。我听到熟睡的人才会发出的断断续续、重重的呼吸声。他是个容易快乐的人,有时拿着电视遥控器当麦克风,跟着电视里的歌手动情地唱起来,那是从强壮的肺里唱出来的,穿透空气中的尘埃,表情动作一样不落。他与生俱来的幽默感有时只在家里才显露出来。

一年后,村里家家户户都买上了彩色电视机,有"长虹"的,"TCL"的,"康佳"的,"创维"的。村里的孩子们看电视也不聚在一起了,各自在家里看。只有爹爹家还是那台14英寸的"北京"牌电视机的黑白荧幕在夜里闪烁。

乡村的夜晚,暖融融的灯一盏盏渐次亮起。我喜欢站在阳台上,双肘架在一根木头横梁上,望远处小河对岸半山腰上那盏昏暗的孤灯。那整片山坡上常年只有一户人家,灰白色的沙砖房。夏天,每晚八点准时亮灯,九点熄灯。我经常注视着黑色山脊下方,那盏孤零零的灯发出亮光,经过了七八个春夏秋冬后,那家人的灯熄灭了。听村里人说那家是独居的老人,去世后门就锁上了,房子荒废在那,陪着那孤山。

冬天到了,白昼逐渐变短,乡村又恢复了一贯的作息。初推开楼门,团团雾气包裹住竹林、田野。太阳升起了,它才像烟一样散开,飞走了。雪让远处的山顶白了头,我站在阳台上伸长脖子往山上看,那会儿没摸着过雪花,只知道雪是白色的,这样看着也算是亲近了。随着第一阵寒风扫过,家家户户早早关上门,钻进像木盒子一样的房子里,外面比平时更寂静。

我们村熄灯最早的,是村里一位独居的六十岁老人,她已经独自一个人生活了二十多年。我叫她大奶奶。大奶奶家是土墼墙,一楼是坑坑洼洼的土地板,二楼阳台铺着木板,木板被雨水浸过和虫蛀过后,留下被啃食的痕迹,上面覆盖着一捆捆枯黄的稻草。房子很旧了,屋顶上长了很多瓦松和万年草。

大奶奶每日是粗茶淡饭,锅里顿顿有红苕,但我觉得她烘的红苕格外香甜,皮薄肉多。每回我从她家前路过,她端着一个掉了漆,露出一团团黑斑的洋瓷碗,坐在门槛或矮木凳上津津有味地吃着,见了我,便停下来,硬往我手里递来三两个红苕,我乐滋滋捧在手里去上学。她的家门口有一丛芭蕉,年年都结极大的一串,她常在芭蕉泛青时就用镰刀锯下几串,放棉絮里特意煨熟了吃。

每次回村,我会想到又干又瘪、瘦骨嶙峋的大奶奶,从衣着到眼神,她活像一个幽灵。大奶奶有三个儿子和一个女儿,女儿和小的两个儿子十多岁便外出打工,大儿子和她相邻而居,但她和大儿媳妇关系处得不好,总为他家的鸡吃了自家的米这样的事情争吵。儿子儿媳们整天为一块瓦片吵架,搞得一家人鸡犬不宁。虽互为邻里,但两家几乎无往来,各吃各的饭,各走各的路。

形单影只,大奶奶一辈子都是这样过来的。她的房子里很少亮灯,即便打开那盏沾满烟灰的灯泡,室内的光线还是暗黄模糊,光线投下她巨大晦暗的身影。

我和大奶奶的孙女飞飞同龄,又是同班同学,我们每天一起上学,在学校也一起去厕所,傍晚一起回家,所以走得近。

飞飞不喜欢她这个奶奶,她常噘着嘴说:"奶奶对我不好。对我妈也不好。"

"你爹爹呢?"

"早就没了,没见过。"

"那你比我好点,我爹爹奶奶对我都不好。"我们一道出村,胳膊交在一起,沿街踱着步,说着大人们不知道的事。

一年冬天,大奶奶生病了,在床上躺了七八天,等被发现时,已经咽了气。在堂屋里办了简单的葬礼。

出殡那天,我忍不住去棺木那里看她,有人掀开了那片白布。我第一次见到死人的脸,她的嘴巴略微张开着,青虚虚的脸上没有一点生气。我很怜悯这位老母亲,她的命运像所有的孤独一世的人一样,明知悲惨的未来,但却没有能力去阻止。

从此以后,她家的门一直锁着,荒废着,偶尔有老鼠从门缝中钻出来。大奶奶不是村里唯一逝去的老人,有些孤寡老人走了,数天后才被发现躺在凄清的房子里。

大奶奶屋后五十米处是红梅的家,红梅是村里唯一的中专生。她是村里所有孩子的榜样,大人们都以她为样板,我心里也暗暗地佩服她。

红梅二十出头,她的面孔灵动和悦,皮肤白皙,端庄漂亮,头发又黑又直,披在背上。红梅工作后,离开了村子,嫁到城里,听说男方是一个当官的。母亲带着我去城里参加了她的婚礼,那是县城里最大的酒店,她穿着红色的中式婚服,站在礼台上,明媚地笑着。但两年后红梅离婚了,新处了几个对象,没有成婚。再见到她时,她已经疯言疯语不知所云,见人只是痴痴地笑。但有时候,她流露出天性活泼、脾气很好的一面,轻易发现不了她是个精神失常的人。

红梅的哥哥华兵是村里唯一的大专生,和妹妹一样,他也是所有父母想要拥有的那类孩子。村里的同龄人中,他是出类拔萃的人,谁见了他,脸上都是谦逊礼貌的微笑。他那天生的红眼边,给人一种忧郁感。华兵的父亲承包了一片柑橘园，丰收季节里漫山遍野黄澄澄的果子像一个个小彩灯吊在绿叶下。盛夏的正午，果园人少，我和飞飞跑到果园里，偷偷靠近一颗柑橘树，摘下四五个柑橘，揣在怀里，飞快地跑开了。有一次在下山半途中，远远望见了午饭后回果园照看的华兵，我们在慌乱之中不知道把橘子藏哪里，就直接扔在地上，七八个柑橘顺着山坡滚走了。那次我们空手而归。

华兵大专毕业后分配到镇上的农技站，这是份稳定的工作，但好景不长，三年后农技站倒闭了。华兵只能到县城找工作，谋到一份保安的活儿。他的命运在那时候已经开始出现转折。

他的妻子和母亲在家里吵得不可开交，妻子背上了好吃懒做的骂名，这四个字在农村等同于对一个人名誉的损毁。他的妻子在冬天最冷时离家出走了，那时她怀着二胎，跑到我们在县城的出租屋里，她娘家和母亲家是香水村的邻居，两家关系不错。她执意要打胎，不听母亲的劝。华兵听说妻子跑了，慌乱跑回家中，只看到妻子打包好的行李，她那天匆忙离开时忘记带走。

从那以后，华兵的精神出了问题，漫山遍野寻他妻子。没有人知道华兵是怎么走到如此狼狈的地步的，也没人知道他为什么要维持如此糟糕的婚姻，而未在当年选择过一种鳏夫的平静生活。

妻子离家出走后再没回来，他更是迷迷糊糊，独自带着女儿生活，在县城继续做保安的工作，隔三岔五地旷工，后来被辞退了。政府分了廉租房给他，他领着低保，和我父母的住处相隔一栋楼。父亲见他经常在寒冷天气里坐在街边呓语，整天不吃不喝，让母亲拿吃的喝的给他。母亲送吃的去他家，刚进门，一股垃圾味儿直钻鼻孔，屋子里窗户紧闭，又热又闷，还是没有装修的毛坯房，几件破烂不堪的衣服随意扔在墙角。他的眼光呆滞，反应也很迟钝了。他的头发像一团冬天蓬乱的干草，脸上蹭上一块块灰，好像刚从灰坑里钻出来的。他年轻时的那点聪明灵气已经全部消失，整天无所事事，一起来就蹲在马路边的槐树下。一个曾经阳光体面的年轻人如今落魄潦倒，父亲总为此嗟叹。

这个曾经在村子里最耀眼的家庭一夜之间陨落碎裂。华兵疯得太厉害，慢慢地没有人靠近他。他父亲一死，就更没人管他了。在这个村子，他像飘离烟囱后消散的烟雾一样，被大多数人遗忘。2019年的夏天，华兵被他小叔送进了县城里的养老院，他余生将在那里度过。

华兵家的果园几经换手，最后再无人打理了，丢弃在那里，成了一片野园子。园子往下有条河，它从我们村外流过。这条河就叫河，没有名字，只要说到河，所有人都知道是它，它是唯一的。我没有看到过那条河的源头，只听大人说它最终汇入长江。

每天，村里的妇人在小河里浣洗衣服或淘去蔬菜上的泥土，每个人蹲在一方石岸上，河水就在脚下，伸手就能掬到。人站在桥上，也能听到她们闲聊家常的朗朗笑声，夹杂着流水的潺潺声。

河面并不宽阔，走几步就能从一头跨到另一头。河岸两旁是些大大小小的碎石，被河水冲刷得光滑洁净，在沙砾之下，藏匿着一些指甲盖大小的螃蟹，掀开一块石头，它们迅速警惕地横着身子爬走了。再往上是草坪、田野。乡村的童年单调且简单，我喜欢和一群年龄相仿的孩子在田野里追逐，爬上柑橘树摘下一个个小灯笼似的果子。夏日的一场大雨过后，秧田里的水漫过田坎，顺着草地流进小河里，我们趴在草地里抓泥鳅。入夏后，我们在河边捡一个破铁罐，搁在两块石头中间，采撷一些野草野菜，学大人的样子炒菜，捧沙子当作米饭。或是在河里钓鱼，跳进河里洗澡。河床的沙石细腻柔软，在一些没过膝盖的河段水质清澈见底，鱼儿成群结队。它无声无息，平平稳稳地从东流向西方。

河流每到拐弯的地方，就见一模一样的一排淡绿的槐树，田野里的绿色和黄色随着季节交替。天上停着一小块一小块的白云，在微风中虚无缥缈地散开。小河的两边散落着一些村庄，河岸的小路一直延伸到一个又一个的村子，低矮房舍的形影逐渐从山坳坳里探出头来，闪闪发光的河水仿佛为村庄镶上银边。我们村子另一头，沿着田坎一级级往下，过河，爬几步石阶，旁边立着一棵上百年寿命的黄桷树，树的对面有一块巨大的青灰色石壁，石壁正下方放着一尊观音像，那是由一个村子里全部虔诚的信众资助而成的。

菩萨上方用石头压着一块红布，下面堆着燃尽的香火。多年来，村民们为祈求好运会在每年春节带上爆竹纸香去观音庙前拜菩萨。这个村子既无大灾大难，也没有福运降临。它就同那条无名的河一样低吟般向前流淌。

那尊菩萨安静地坐着，近处则是蚊子嗡嗡地叫，香烛也燃着，一炷香，香烟袅袅，渐渐消散。身旁的菜豆瓜果则从不休息，没日没夜地长。

河上有座桥，我几乎每天都会跨过一座长约五十米的石桥，从一个村子迈到街上另一个更加繁华的村子。等我到了十一岁，已经有了贫富差距的意识，那座栏杆长了一层绿色青苔的石桥链接了村里的穷人和富人。我们那个村子太不起眼，像一个被遗忘的流浪儿童。而那个繁华的村子由一条街道贯穿而成，这条街的两边多是两三层的红砖砌成的楼房，白色的正墙，关闭的湖蓝色推拉窗，一家一家接连下来，房主多是副食店主或小餐馆老板。

街上的商铺是周边几个村子村民日用百货的供货商。沿街铺排着一家豆腐店，一家杂货店，一家饭店，一家棉席店，一家药店，一家包子馒头店，一家理发店。整条街上的房屋都是十几户连在一起的连屋，那时算是新式楼房，靠街的一面墙贴满了白色瓷砖，楼顶是敞开的露台取代了青瓦片，四面砖砌石栏相围，大门配上蓝色的卷闸门，卷闸门只要用手一碰就颤颤轰轰地响。入夜以后，街上的人家关门了，接二连三轰轰隆隆的声音此起彼伏，持续到深夜，等到最后一家关门了，整条街沉入黑夜中。

我上小学的校园也在这条热闹的街上。这是一个在寺庙的废基上改建成的普通的六年制小学，东面和南面是荒山。关于这所学校，很多片段式的记忆会跳出来。父亲在我四年级时突然出现在我们教室的后门口，如果不是一个女同学大叫说我父亲来了，我还沉浸在和同学的打闹中。父亲像领导视察般背着双手来到我的课桌旁，那一刻我感到前所未有的紧张，生怕被他抓到什么我不认真学习的把柄。然而他只是围着教室走了一圈，什么也没说就离开了。

学校有三栋灰白的教学楼，我不知道父亲是怎么找到我在这一栋的。我们那里几乎没有人的父母会来学校看他们的孩子，毕竟想着怎么活下去在那时是更急迫的事。因此这件事在很长一段时间里成为令我骄傲的一件事。尽管小学六年父亲只来过学校一次。

那个时候,我在作文本上写下父亲是我心中的英雄,他在我心中是一个无名小卒兼大人物。事实上,我对他的印象只是一团模糊而杂乱的影像。我们从来没有对彼此说过我爱你,在当时,我并不知道我对他的爱有多深。他没有办法辅导我功课,所以每次都用同一道数学题目来树立威严。父亲用他有限的知识出题考我:鸡兔四十九,一百个脚在地上走,鸡兔各有多少只。他每次只会出这个题,我趴在矮板凳上,冥思苦想,毫无头绪。对着空白的作业本发呆至深夜,那简直是对我最严酷的惩罚。直到父亲熟睡过去,母亲才唤我悄悄爬上床睡觉。但他从来没有打骂过我,只会用眼神告诉我,这样做只会更糟糕。直到我初中后,才发现那道题目是二元一次方程组,小学时的我根本没法解答。

在那个村子生活时,我面临过很多和这道数学题一样无法解答的局面。

我的朋友阿曼家住在桥头,在那条街道的起点位置。她家是一栋有露天阳台的两层崭新小楼,一楼是她父亲行医看诊的工作场所,二楼是寝居。我们经常泡在阿曼的房间里,分享孩子之间的秘密。

她的父亲子承父业,是村里唯一的医生,在街上开着一家诊所,一个总是不停眨眼的男人。阿曼遗传了他的父亲,一只眼睛会不由自主地快速眨动。但这并不影响她的美貌,村里的人们都说,阿曼是最有城市气质的孩子。我是村里唯一去过城里的人,我见过城里人,他们干净卫生,大方得体。阿曼很像他们。

在我眼里,阿曼和村里其他女孩不一样,她是我童年时一起共度时间最久的玩伴。村里家家户户都有两个孩子,只有我没有兄弟姐妹,这是我抗争的结果。父母原本商量着再要一个小孩,在一次吃晚饭的过程中,母亲突然说要不顶着罚款的风险再生一个孩子,我听到后瞬间觉得自己要被抛弃了,或许他们和爹爹一样只想要个男孩。一怒之下,我从饭桌旁一跃而起,冲了出去,跑到那座桥上,望着下面的河水发呆。叛逆的结果是我自始至终是一个人。

许多日子里,我和同村的飞飞都会跨过那座桥,一起去街上找阿曼玩。一个夏天的傍晚,晚霞像火一样掉进河里,有一丝凉风。河边田坎上暮归的村民荷着锄头,提着菜篮子。我们踩着饭点回家。我在前面跑,飞飞在后面追,过桥时,那段路的桥栏之前被一辆车撞断了,露出一段缺口。

一辆货车从我们身边一掠而过,我回头看时,飞飞不见了。她素来机灵,我猜测她一定是从桥的另一边赶超到我前面,先跑回家了。五分钟后,我跑到她家门口,一问飞飞母亲,才知道飞飞还没回家。难道她被我落后面了?我纳闷着回了自己家。

第二天上午,我找飞飞一起上学,飞飞的母亲说,昨晚他们找了飞飞一宿,在桥下的石头上找着了。昨天傍晚,飞飞在桥上被那辆经过的货车蹭到了,她从桥上掉了下去,避开了河水,落在猪槽边的石头上,她的脑袋刚好悬空垂挂在石头外。她想哭想叫,但发不出声,只能一动不动躺在那里,住在河边的村民夜归时发现了她。

这边她的父母也连夜找她,发现时,她面上完好无损,只是动弹不得,连夜被送往县里的医院。医生检查完,说无大碍,只是一条小腿骨折了,给她上了石膏,便回了家。飞飞捡回一命。

我家和飞飞家隔着三户人家。我在她家阁楼上见了她,她腿上缠着白色绷带,坐在木床上。她的一颗门牙只常出一个尖角,张着嘴,就露出那颗尖尖牙。她的眼睛又大又圆,像一种鸟的眼睛。那种鸟曾经在我们阳台的横梁上停过,眼珠子直勾勾地盯着你。她母亲说出事之前,她找人算过,让飞飞认一个杀猪匠作干爹,能保她度过一劫。她激动地告诉村里每一个人说应验了。这位母亲凭着强烈的牺牲精神,倾注全部精力照顾丈夫,抚育两个女儿,圈养着二十头猪,有时甚至让人忘记了她的存在。

我不相信有什么神秘力量在护佑她,她只是运气好罢了。但这件事之后,她的母亲四处宣扬这种神秘力量,不知不觉很多人都认为飞飞是神明眷顾的女孩。

飞飞很快能下地走路了,她倒是并未表现出特别的能力,学习上依旧是班里最差的。在村里,飞飞的事早已变成了一则传说。这个传说随着岁月越来越神秘,越来越多姿多彩了。

我每次路过桥都会趴在桥栏上往下看,看飞飞摔下去砸到的大石头,暗青的一块,没留下任何痕迹。

河水还是不动声色地流淌着。记忆里,我们的童年多半时间都是在那条河里嬉闹中度过,欢愉都装在了河里,钓鱼,捕虾,打水仗,下河洗澡。

第一次下河洗澡是阿曼带我和飞飞去的,她比我们小一岁,叫我们姐姐,胆子却比我们大很多。事实上,我们并不会游泳,只是喜欢泡在冰冰凉凉的水里,看着阳光洒在水面上,泛起金色的波光。

我们悄悄溜到村里小孩常去洗浴的那个河湾隐蔽处,跳跃着到河边,脱下衣服,在晚霞映红的水面上啪啪地一阵猛踩。我喜欢水,泡在水里像穿了一件透明的纱衣,清凉而舒爽。我们在水里扮演电视剧《新白娘子传奇》里的角色,假装自己会施法术,从高高的石头上奋力跳入水中,溅起层层水花,好像自己也变成了神话故事里的人物。

夏天是这个村子最迷人的季节。雨季刚过去,小河里的水上涨几十厘米。雨季来临,由于河水无规律的涨落,水波一漾一漾地把污水沟排出的垃圾又推回岸上,凌乱地躺在沙石中。时有拾荒老人在那里捡些瓶瓶罐罐,扔进手里的鱼线口袋里。那一段的河水平静而清澈,像一条透明的丝带蜿蜒向前。

河水流经桥下,跌下一个两米多高的小石崖,形成一片小瀑布,落进一个长长的石槽里。我们叫那里猪槽,因为它看起来像装猪食的石槽,那里便是飞飞坠落的地方。猪槽水深的地方有两米,越往外水越浅,流向地势更低的河床。

我们从来没有学过游泳,只是靠天性在水里摸索出一套潜水的技法,但它只适用于浅水区,一旦到了深水中,那套拙劣的方法就会失效。

那次我们去的是猪槽。我想知道猪槽的水到底有多深,便一只手扶着槽壁,两脚往水深的地方迈,一股水流把我卷向深处,我的脚已经踩不到水底,悬在水中。意识到危险来临时,我朝着水浅的方向游去,竭力想浮出水面,但完全无法自控,好像有股力量把我往更深的方向拽。

一秒两秒三秒钟过去了,我还在拼命游。气不够了,我快要窒息了,竭力想抓住一件什么东西,可那水里什么都没有,连石头都摸不着。我继续挣扎时,恍惚中抓到了一只胳膊,奋力把我拉出了水面,是飞飞救了我。

天气无比晴朗。那是正午的阳光,热辣辣的,闪亮刺眼。没有任何迹象能显示这里发生过一次溺水。

"你没事了。"飞飞在我耳边说。看到她手臂上被我抓挠出的红色痕迹,这时,我才像是从一个短暂而深沉的梦中惊醒过来。

回家后,我在父母面前极力隐藏这件事,但父亲还是从我湿漉漉的头发和惊魂未定的神情里发现了异样。

"你应该有个女孩子的样子。"他好像知道发生了什么一样。

"水深的地方一定不要去。"

我点头敷衍他。

父母们整日担心小孩会下河洗澡,历年来那团最深的水域处已经淹死过几个孩子。然而,死亡的侵袭要比人们想象的阴险得多。

村里的男孩可以明目张胆地在河里窜进窜出,女孩不可以。我们是偷偷下河洗澡的,不敢让父母知道。我们通常选择在少有人经过的河段。在另一段流域里,那条河被称为"死亡之河",有几个村里的小男孩曾因下河洗澡淹死在那里。

淹死的人中,包括我三舅的儿子小川。他在一个傍晚和同学下河洗澡,淹死在这条无名的河里。小川比我大两岁,也与我在街上的同一所学校学习,教室相邻。偶尔,他会跑到教室门口找他和我同班的妹妹。我能看见他左手手臂上别着中队长的臂章,在阳光下笑着,白皙的皮肤,清秀的模样。

那时,住在香水村的三舅家和我家几乎不来往,我只是远远看着他,不曾说过一句话。

三年级的一个下午,那个散发着夏天余热的傍晚,天色未暗,我放学回家经过每天必走的桥,走到桥中间时,看到了桥底下过河的小川。他两只手提着裤腿,一边一只,又高又瘦,穿着干净的雪白色校服,走在微微发热的傍晚,望着不远处另外三四个已经到了河对岸的男孩。

我看到桥下的河水里,他没有丝毫犹豫,脸上挂着笑,走向河的另一边。我只是像往常一样,远远看了他一眼,继续走自己的路。

几分钟后,我回到家里,爬到二楼的阳台上,帮忙晾晒母亲刚浣洗完的衣服。站在二楼的阳台上,能看见我刚才路过的那座桥。此时,桥上已经密密麻麻站满了路人,正向河里望去,黑黢黢的一片。

邻村一个路人经过我家楼下,母亲顺势问他桥上发生了什么事,那人说河里淹死了人。母亲再一追问,那人口中说出的竟是小川的名字。母亲急忙扔下手中的衣服冲了出去,我也跩着拖鞋追了出去,跑到桥底下,过河时慌乱中我的一只鞋被水流冲走了。

到了河岸,人声沸腾,岸边躺着一具尸体。我从人缝中钻到最前面,看到了躺在沙石上的小川,浮肿的身体,青紫的脸。他裸着上身,在他父母赶来之前,他像一个弃婴似的躺在那里。桥上,田坎上,河边围了一层又一层的陌生人,他们叽叽喳喳在议论着什么。母亲又急忙跑回家拿了一张凉席将他的遗体裹上,我只是怔怔地站着,茫然地,麻木地。

街上的胖子袁九正双手交叉一上一下按压他的胸口,但小川一

第三章 河里的夏天

动不动躺在那里,脸和嘴巴都是青紫色。那天更晚些的时候,三舅夫妇得知噩耗后从家里赶到了河边。三舅妈跪在他身旁,使劲摇他,使劲晃他,他的身体晃来晃去,全无反应。最后袁九停下来,额头渗着汗,说了句"不行了"。

小川死了。他乌青的脸还是柔和的孩子气的脸。三舅妈跪倒在小川冰冷的遗体旁边,呼天抢地,捶胸顿足。她哭得很伤心,很悲痛,好像要把一辈子所受的委屈、不幸、孤单和无告全都哭出来。那是我第一次见到三舅妈。她像一只垂死的动物那样咬紧牙关,不愿意接受面临的现实,而那现实早已摆在她面前,就像死亡本身一样,冷酷而持久。她的声音已经沙哑,双眼红肿,满脸通红,在众人的搀扶下颤颤巍巍地走在街上。

一直到半夜,其他亲戚陆续从各地赶来。父亲也从拉货的地方赶回来,将小川的遗体抱上车带走。父亲整个晚上沉默得如同黑夜一样安静,只是盯着那盆烧纸钱的炭火,以免火熄灭。黑夜已经覆盖河流和田野。

死掉的孩子不能进家门。小川的遗体被装进棺材抬到学校操场上,我们在那里守了一夜。第二天一早,父亲的货车直接把小川的遗体拉回香水村的山上。那时的农村一律都是青瓦灰砖两层楼房,小川家也不例外。推开那扇掉色的蓝漆大门,里面是死寂的黑,没有半点天光。

葬礼匆忙完成,过后,家里再没人提起小川的名字。一些亲戚间的关系因此走得更近。那会儿我还不太明白死亡意味着什么,但能感觉到是一件让人无比难过的事情,每个人都在哭,因为你永远都无法再见到这个人了。虽然亲戚间来往的次数逐渐增多,但家人说话总是小心谨慎,害怕触及这个家庭的某些敏感神经。

小川离开三个月后,三舅一家忍受不了无休止的痛苦,索性搬离了香水村。三舅到兽医站办了停薪留职,旋即带着妻女来到就近的县城,租了间二十平方米的小屋,花了两万块钱买了一辆面包车,靠着拉客谋生。在此之前,他们从未踏足过县城之外的地区。

他们从一种苦难奔向另一种苦难。每天早上五点天未亮,夫妻俩起床,做好早饭,洗好车,开着面包车,在方圆二十公里的县城里,载客下客,日复一日。直到晚上十二点半收车停工,生意好的时候收车时间会延迟到凌晨。回到家,吃完早上的剩饭,末了,他们将一天的收入和支出清算一遍,再用细黄色的橡皮筋将手里厚厚一摞的一毛钱、五毛钱、一块钱分类叠好后紧紧捆在一起。等到月末,再把这一叠叠的零钱存到银行。

三舅经常跑夜车,凌晨两三点回家,夜里睡足四五个小时后,他们再起床出车,锅里给孩子热着两个大白馒头。进城第二年,三舅另找了一处地下三层二十平方米的小屋,打包好几袋行李,塞进面包车里,拉到新租的地方。房租比之前的地方便宜一百元,一道花布帘子隔开父母和孩子睡觉的区域。那是一间地下室,狭长暗黑的过道,空气潮湿,弄堂里空无所有,半夜的风没来由地扫过来又扫过去。无数个凛冽的寒夜里,三舅的白色小面包车驶入一带黑沉沉的街衢,汽车尾灯像两朵橙红色的花,开了又谢。又是寒冷和黑暗。

时间跑过一季又一季,城里依旧是密密层层的人,密密层层的灯,密密层层的耀眼的货品。六年多的节衣缩食后,三舅把存在银行里的十万块钱全部取出来,在城中央一处新开发的小区买了一套一百平方米的新房子,简单装修后,连夜搬了进去。

他的家从昏暗阴湿的地下室搬进了县城中心里的楼房,在县城扎根下来。我去了他家,总感到不自在。他家有伤口,结了痂,凝成的深红色硬壳未脱落,若揭开,里面还泛着红血点,因此不能轻易触碰,需小心翼翼的。

离开香水村后,三舅妈再没回去过。在新的生活里,平静离她还是很遥远。她的思绪总是漫游在乡村潮湿黑暗的巷道里,她能听到孩子的哭泣,能完完整整地想象出他的模样。有时她又像是看见他还活着,活在惊恐之中,因为孤零零地埋在荒凉的山坡上,一棵柑橘树旁。她时常梦见他,在阴冷的坟地躺着或是在教室里寻找自己的课桌椅,多年过去,还是小小的身躯。在那些无法入眠的长夜里,她会请求他回来。

香水村前的那条河越来越宽,水越来越深,进村需要渡船。房屋虽也旧了,但砖木都还结实。倚靠的山坡上花草繁茂,门前苔痕上阶,仍是乡村一派清幽的景象。

小川的坟堆用碎石简单堆砌在半山腰贫瘠的荒地上,倚在外公坟墓的左下方,整日经受着日晒雨淋,很多鸟儿栖息在那附近的林子里。山脚是一条新开辟的河流。路过的人很难发现那是一座坟冢,里面埋葬着一个少年。

二十年来,三舅和唯一的女儿在每年的春节回去小川的坟前祭拜,给他烧去成千上万的冥币。每次经过那里,我会不由自主地往山坡上看去，想到这个从未说过半句话的亲人躺在荒凉的树林里，心也会隐隐作痛。

事实上，我没有把当天看见小川过河的事情告诉任何人。我没有叫住他，因为下河洗澡是那里每个孩子都会做的事情，而且我从来没有和他说过话，即便他是我母亲亲哥哥的孩子。

有人说，小川的灵魂留在了那条小河里。村里有个比我大一岁的男孩衰力生病了，听说嘴巴是乌的，浑身发烫，在阿曼家治了半月没见好转。他家人去山里找瞎子算了算，说他是走夜路时碰到了小川的魂魄，撞了邪祟，替他驱除鬼邪，给了他消除孽障的方子，果真好了起来。

我夜晚路过那河边，总忍不住往河里看，心里想着，小川一定不会害我。满河星辉里，他一定安然无恙了。

这条河装载了我的童年，我们总是忽略那些危险状况，伺机从它那里汲取欢愉。

一个夏天的午后，空气湿热，汗水黏糊糊地贴在皮肤上。父亲带我下河洗澡，我潜入水中，向父亲炫耀我唯一会的技能。他坐在一块漫水的石头上看着，待我起来时，腰前的水面泛起红色，像被墨染过一样。

父亲从圆石上跳下来，抓起我的两条胳膊，一看，我右手手掌不知被什么划了，多了一条冒血的伤口，伤口处的血不停往外冒。父亲取来我的丝袜，用力缠在我右手腕动脉处，说那样可以止血。

他背起我往阿曼家的小诊所跑，我倒感觉不到疼痛，但看到那满手的红，只是一个劲儿地哭，加之父亲在，我哭得更厉害了。眼泪全部蹭到父亲衬衣上,他肩膀洇湿了大片。

父亲全身都湿透了,像是才从河里被捞起来一样。我坐在诊所冰冰凉凉的竹椅上,阿曼的父亲用棉签蘸碘酒将我伤口上的血迹清洗掉。空气里飘散着一股药水的香味,使人不由得对医生产生一种信任感。写字台上整整齐齐,旁边的塑料筐里装满了病人用过的空药瓶,玻璃柜里满满当当地摆着各种小瓷瓶,上面都贴着汉字的标签。

"不用害怕,不会痛。"他冷静而专注地看着手里的针,当他靠近我的伤口时,我把头埋在父亲的肩膀上,不敢多看一眼。

他再一次强调说,看上去不是很要紧,受伤部位离危险区域有一定距离。我感觉有坚硬的针穿进了我的皮肤里,但没有疼痛的感觉。他用一个鱼钩状的针刺进我肉里,从伤口的一端穿过另一端,将之缝合起来,一共缝了四针。

他声音浑厚,两只眼睛不受控制地眨巴,鼻子下有一块浅浅的胡髭,他没有穿白大褂,而是一套灰扑扑的西装,衣服的材质有些暗沉。我每天和阿曼一起在她家里跑进跑出,但这是她父亲第一次为我治疗,我第一次见识了他的医术。

当他弯下腰替我包扎时,我闻到了他身上的药水味儿,这种味道我曾无数次在阿曼身上闻到过。

大多数时间,我去阿曼家,并非作为病人去的。比起她那浸泡在药水味儿中的家,我们更喜欢待在河边。我和阿曼蹲在河畔凝视自己的水中倒影,她比我更喜欢那条小河,她说那条河能听她说话。烦闷的时候,她就往河边跑。

有次傍晚,我到阿曼家找她,刚跑到她家门口,听到屋里传来窸窸窣窣的争吵声。安静片刻后,只见阿曼趿着拖鞋冲出了家门,我跟在她后面。她跑到了小河边,捡起块块石头一边使劲儿往水里砸,一边不作声地流泪,好像她的委屈都流到了河里。

那天在河边待到晚上,月亮已经升起老高,它的清辉洒到河里,渲染出一层银冷色的光。一股微风缓缓吹起,近处的树林开始沙沙作响。这时,阿曼才蔫蔫儿地提起裤腿往家里走。

每年夏天,一个小商贩挎着长方形的木盒子,走街串巷吆喝着卖冰棍儿。我在童年的每个夏天都期待见到他,然后花一毛钱买他一根冰棍。他卖的冰棍是统一的白色的,我们几个孩子含在嘴里,飞跑到河里洗澡,硬硬的冰棍化成甜甜的冰水,成为炎炎夏日里最舒适的一道清凉。在我们的童年接近尾声的时候,街上的副食店里开始卖冰棒和雪糕,那个卖冰棍的男人再也没有来过村里了。

下河洗澡是我们固定的娱乐项目。六年级一个暑假的下午,和往常一样,我跑到阿曼家里,约她下河洗澡。

我们选择了小河最隐秘最僻静的地方,这样不会有人发现我们。那里很安静,我们光着身子从一块圆石头上跳进河里,石头旁边是一块苎麻地。那片苎麻长得高高直直的,倒映在水面上,影子随着水波荡漾着。

那天看不到太阳的影子,天阴阴的,河水有些凉,我们踩着沙子缓缓滑向水深的地方,直到河水漫过我们的肩膀。我喜欢河里的自由自在。我和阿曼在水里打水仗,一头扎进河水里,或爬到那块圆滚滚的大石上,再跳入水中,或者扮演神话故事里的仙女。我们像两个

第三章 河里的夏天

野小孩,在独属的乐园里做着白日梦。

梦醒过来,我们才发现两米高的苎麻地里突然钻出一个年轻男人,蹲在地上,露出他的脸庞和半截身子,笑眯眯地盯着我们。是他,我们偶尔会见到他在街上游荡,但不知道他的名字。

我们对那个男人知之甚少,只从别人口中听说过他中学辍学,没有工作。他的家在麦田上方的山坳坳里,掩映在一片竹林中,没人知道是什么样子。

"你们赌我敢不敢?"他问我们,脸上没有任何表情。

那一刻,我本能地意识到不太对劲,愣在那里没有说话。

"你不敢!"阿曼离他更近,她吼着说。

"阿曼,别说了。"我知道,那三个字可能会激怒那个男人。怀着将要遭遇厄运的正确预感,我快速往河的对岸退了几步。

"你不敢!"阿曼并没有听我的,又说了一句。

我没有来得及说话。几秒时间里,那个男人扯下了身上的衣服和裤子,像一只青蛙一样从麻丛里弹跳出来,扑到了河里。

"快跑!"我吼了出来,疯狂地往河的上游跑。

话音未落,我回头时发现那个男人两只手抓住了阿曼,她在奋力挣扎。我停住了,只是赤裸地、毫无主张地、怯弱地站在那里,河水只漫到我的膝盖处,微风在吸食我身上的水珠。

我该怎么办?我怎样才能救她?怎样才能将她从那个男人的魔爪底下拽出来?但我为什么像钉子一样死死钉在那里?就像鱼儿被鱼钩勾住了。接着我的眼睛也好,耳朵也好,所有的感官都在阿曼的挣扎和喊叫下什么反应都没有了。

空气几乎要憋死人。有一小会儿,我大脑一片空白,只能听到阿曼的凄惨叫声和拍打河水的声音。周围什么也没有,我找不到任何可以反击的物体,一根木棍或一块石头。我从河里捧起河水,但它们顺着我的指缝全都漏了出来,最后我只能抓起一把沙子朝他扔去,但起不了任何作用。

比起我们的无力反击,那一刻的我更希望不会有人路过。比起那个男人被人抓住,我宁愿没有人知道这件事。阿曼也是这么想的。这是件丑事。

河边的田间小路上没有一个人经过。不知过了多久,那个男人放开了阿曼,爬上岸,匆忙套上衣服裤子后消失在麻地里,只剩下圆圆的苎麻叶子一阵乱颤。阿曼跑到河对岸,抱起衣服蹲在洋槐树下哭。我也跟着她哭。

"你不要告诉别人。"她啜泣着,声音像卡在空气里,一些泪水粘在她长长的睫毛上。

"嗯。"我甚至不知道用什么词来形容那件事,朦胧的意识中只知道那是可耻的,羞辱的,不可告人的秘密。很长时间里,我低着头,不知道该和她说些什么,我害怕她责怪我没有拉着她一起跑。

天空阴沉沉的,我和阿曼一前一后缓慢移动在田间泥路上,沉默无语。鸟儿直窜向天空,从田里干活回家的人们扬起阵阵笑声。我的头顶是阴云密布的,一直看着阿曼低着头回到了家里。

回家路上,在傍晚七点暗淡的天光下,河边仍有一些洗衣淘菜的人。那个夜晚,我脑中尽是阿曼哭泣挣扎的画面。

第二天,我装作若无其事,跑去找阿曼。她正在清理地板上病人用过的针管和药品，像个娴熟的医生一样，把药物归类到它们该去的地方。我战战兢兢地走到她面前，冲她笑了笑。她先是脸上一僵，再挤出一个浅浅的笑容。

我们还是一起玩耍，一起爬树，一起嬉闹。只是从那个夏天起，我们不再下河洗澡。但父亲还是发现了异常，"你最近很少去阿曼家"。他经常在街上和阿曼的父亲一起打牌，这突然的发问让我有些紧张。"天越来越冷了，不喜欢出门。"我搪塞了过去。

我当然不会把这件事告诉任何人，尤其是我父亲。如果他知道了，一定会杀了那个男人。有几次我忍不住想把恐惧告诉父亲，但回想起阿曼哭泣的脸，这个想法就像树上的绒絮，很快被风吹散了。

几天后，我们在街上碰到那个男人，他站在街对面一家小商铺门口，阴邪地冲我们笑，像阳光下一团显眼的黑色阴影。阿曼的眼神愤怒而哀伤，我们只能远远地躲着他。

但那个男人像幽灵一样，总会不经意地出现。有次是在巷子里，有次是在一个十字路口，每回我们都像见到巴巴鲁一样的恶魔冲回家里。我没有想过如果他突然再次出现在一条隐秘的巷子里，会造成什么后果。有时我会怀疑他是否真的在白日里彷徨，躲在那个巷口看我们，抑或那只是因恐惧而生的幻象。

那条河依然是我的必经之处。我无数次路过那条河流，从桥上俯瞰河水平静地流过。小河里的流水比过去更加低沉，好像在叙述它所知道的一切。它所流经的村庄，还是那一个个很普通的乡村。大体上，它是一片广阔、湿润、萎靡不振的乡村，有时美得让人难以忘怀，但通常是忧郁的。

在那里，性是禁忌。我们不可能从父母或者长辈那里接收任何坦诚的可靠的关于性的启蒙教育，性对我们来说是神秘的和羞耻的。

中学时，我已经随父母搬到了县城里，一两年回次老家。阿曼家是三峡移民工程的对象之一，他们一家移民搬迁到了另一个地方，虽然还是在一个市里，但我三四年没有见过她，只是在社交网络上保持若有似无的联系。

直到大学后的一个寒假，我回老家，听说阿曼家从那个移民过去的地方搬了回来。但她家不再住在桥头那栋楼里，而是搬到了街道更中心的位置，同样是一栋两层楼房。那时，她多了一个弟弟。

那个冬天的午后，我在她家门口徘徊了很久，脚还是犹豫着迈了进去。见到阿曼时，她正坐在柜台帮她父亲给病人取药。我身子绷得紧紧地望着她，那是一张阴郁的脸。尽管她年龄有了变化，我还是一眼认出了她。她就是那个烈日炎炎的下午和我一起在山林里抓野鸡、在河里钓鱼的女孩。她长高了，还是束着一条马尾，还是那么瘦削，那么白净，脸上多了些青春痘。我们都长大了。

她见到我后，在门口的光影中迟疑了一下，站在青石地板上，穿着一件白色羽绒服，羞涩扭捏地叫了声"姐姐"。我说不清此刻她脸上那种复杂的表情，像某种难过的情绪被重新唤醒。

"你回来了？"

"嗯。"

"不搬了吧？"

"嗯。"

"我并不想回来。"

"我知道。"

那次聊天淡淡的,寥寥几句,我们都害怕触碰到什么。我问过她,搬回来是她父母的决定,那样可以拿到一笔搬迁款和一套房子的钱。阿曼的父亲是家里的权威,说一不二,阿曼要看他的眼色行事。她的母亲是一个沉默寡言的女人,经常忧心忡忡地望着她。

无数次,我望着阿曼的父亲,看他把一根尖细的针扎进病人的肌肤里。我看到痛苦的病人求着他开药,打针,输液,但他却不知道女儿的遭遇,我更没法告诉他。

那天傍晚的时候,我和阿曼告别。短暂几天后,我回到学校。离开前,我看到了那条河。河里的水越来越浅,那座桥也不再像从前那样要走很长时间。大概几年以后,河里一滴水都没有了,不会再流入长江。这条见证村子一切的河流的痕迹会完全消失,变成农田或荒地。

2001年,一个外地老板承包了村外那十亩稻田,那条河流一边的梯田已经被开发商圈起来,稻田被开凿改造成一方方水塘,饲养甲鱼。

这家养殖场像一阵旋风刮到这里,在村庄外的大片农田里扎下根来。半现代化的工业走进了村里,随后动物粪便和物质垃圾一起通过养殖场外围拳头粗的圆孔排入小河中。在不到一年的时间里,清透的河水变成了浑浊的绿色,夏天温度升高时河流臭气熏天,这恶臭让人不敢再靠近河边。

下雨时,池水漫过水塘,一些甲鱼溜进小河里,村民都到河里摸甲鱼,外地老板也说不清是自己塘里的甲鱼还是河里的甲鱼,眼睁睁看着捡甲鱼的人却无可奈何。从水塘排放的污水也一起流入河里，日积月累，河水变成了浑浊的碧绿色，再见不到河底。

夏天烈日下河里散发出刺鼻的酸臭味。村民洗衣服淘菜只能溯河而上，寻找新的水源地。三年后，甲鱼老板破了产，搬离了村子，那一片片水塘又变回水田。

但河里的水再没变清过，也不再有人下河洗澡。

我们都上了大学，无可避免地渐渐疏远，联系减少了。阿曼在他父亲的意志下，成了一名学医的大学生，留在了城市里工作。后来我们再没有见过面，我们各自有了不同的生活。

等我再次回老家时，那条没有名字的河完全消失了。干涸的河面被太阳晒得结成硬皮，龟裂成一条条不规则的沟纹。曾经的河床上杂草丛生，掩盖了昔日的一切痕迹。我曾生活的那个村子也空了，村民都搬进了水泥公路两旁的楼房里。我也没有再见过那个男人，但那件事就像胎记一样，嵌在我的身体里。在很多个日子里，我不禁会想，如果当时我冲过去会怎么样？

小时候，我不知道该用什么样的词汇形容那样的遭遇，直到高中，我在一本书上看到美国著名主持人奥普拉讲述自己童年时期被性侵的经历，我脑子里浮现的是家乡的那条河，以及我和阿曼的恐惧。

后来，"性侵"两个字似乎经常出现在我眼里。我一直将生活中残余的幽灵用力压住，决心捂着这个秘密，但它像块冰，越捂，身体越冷。时间并没有将记忆带到遥远的地方，它就在我眼前，如影随形。这影子经久不散，我行我素，不管我的思想和意志怎样不情愿，还是强行闯入我的思想。

十几年后的一天,我加入一个女权主义者组织中,成为一名业余志愿者演员,志愿者年底会演出几场为女性发声的话剧。拿到剧本时,我的目光首先定格在性侵害那一幕。毫不犹豫地,我决定报名演出那部分内容。

第一次排练时,我和其他志愿者相聚在一个小区公寓的办公室里。我只需要将剧本上的台词读出来,配合其他同演这一幕的两个演员。剧本上的字密密麻麻,当我念到"我不知道自己该做些什么,我唯一知道的,就是我永远都不会说出来"时,我哭了起来,歇斯底里,无法自控。

房间里静默了,所有人都怔怔地望着我,我看到他们或同情或惊讶的目光。读完之后,我并没有解释什么,我只是僵硬地冰冷地在想我为什么会那么触动。我想起了阿曼。

后来我听人说,阿曼一家已经搬离村子四五年,再没有回去过。偶尔,我会在网络空间看到阿曼发出来的动态。

多年过去,阿曼大概已经是一个男人的妻子,孩子的母亲。没人知道这件事,除了她和我。

有一天,我看到她公布了一张和男朋友的合影。照片里,她笑容甜美,我很久没有看到她那样笑过。我心里暗暗想,阿曼一定忘了那段可怕经历吧,她依然可以获得幸福。我能做的,是远离她的生活。

接着,我翻看了她的空间日志。两年前的一篇日记里,她写着:"世界很精彩,可是好像与我无关,世间的肮脏,软弱,自私,让人冷到脚底,败给了自己的软弱,我一直像幽灵一样寻找家,可我一直都找不着,因为那种感觉没了,一切都和我无关。"

另一篇里,她写道:"望着周围的一切,有种陌生又熟悉的感觉,心里却是一阵凄凉。这段时间,心情似乎跌到谷底,再次迷惘在我的烂路里,我似乎总逃不出那个怪圈,总喜欢拿过去的自己为难现在的自己,那么痛苦,可是我又找不出那么不堪回首的往事。这样的周期可否延长,让这种痛苦感减少一点,为何现在的我身心俱疲却找不出释放的道路。"

那一刻,眼泪簌簌流下来,我似乎觉察到,阿曼还是那个站在河里的小女孩。我也一样,还停留在十几年前村里的那条河里。无论过去多久,这个秘密像一条蛇咬住我不放,记忆并不会腐烂。我们并没有获得坟墓般的安宁,似乎仍然生活在阴沟里。

父亲葬礼那几天,我回村时看到,阿曼家的旧房子还在,消失的小河回来了。几场大雨后,小河重新复活了。

第四章
荆棘里的日子

父亲二十二岁退伍回到村庄后,成了无所事事的青年。他眼前有两个选择,在农村种地或进城打工。这一带的村民,无论男女,都是干农活的人。父亲是个例外,他两个都没有选。他的眼光远在村外。

在某些方面,父亲完全继承了他的父亲,那种让人疏远的威严。他和村里的每个人都认识,但称不上朋友。他很少评论别人家的事,不会把社交用在同村人身上。这让我每次同他一起穿过村里那条泥泞浑浊的小路上,面对迎面撞上来的村民时,都担心他的沉默会让我们陷入尴尬境地。他很少和村里的人说话,在路上碰见了,会不失礼貌地点头微笑,但对于长久地同住一个村庄的人来说,这样的招呼似乎太过简单,给人一种孤傲感。父亲像个村外人,他永远保持着不属于这个村子的体面。他从未让自己的胡子蓄到第二天,他身上有一种现代人的时尚气质。在城里他是异乡人,在乡下他同样是。

不过我喜欢父亲特立独行的性格以及提升自我的信念,他渴望成为一个有洞见的人,虽然这离他很遥远。同村人之中,没有一个人像他那样在衣着上一丝不苟,也没有一个人像他那样喜欢吹奏口琴和横笛,更没有村民会像他那样每天回家时腋下夹着一卷报纸,像个关心国家大事的知识分子一样躺在床上入神地看起来。

他习惯在收车回家的晚上躺在床上开始读报,从时政版读起,那个版面有他最喜欢的时事政治新闻,读到有些段落时他眯着眼睛,低声读着,咽一口口水。有时他会用写着大红喜字印着红牡丹的搪瓷杯泡上一杯茶,搁在床头的红木椅上,看完一个版面,呷几口茶水。不紧不慢地看完报纸的每一面后,他把报纸对折,往凉席下面一塞,才心安理得地睡去。一张张报纸像被叠起来的衣服,日积月累,越来越厚,塞得整张床上都铺满了泛黄泛旧的报纸。

我们一家三口躺在凉席上,母亲在竹席底下铺了几层干枯的稻草,松软舒适。她总逗趣地问我,你是谁生的?我毫不犹豫地指向父亲,说我是从他的肚脐眼里钻出来的。接着他们两人笑得前仰后合的,我也跟着笑。

1995年,父亲借钱买了一辆蓝色川路牌货车,也是我们村里唯一的一辆。父亲把他的新车停靠在供销社大楼前面的空地上。买来不到一个月,那天他早早出门拉货,刚打开车门,发现驾驶台上多了一个窟窿,车上的录音机被人偷走了。父亲气得围着车子转了好几圈,他从没想到有人对他不友善,打起他车的主意,而且是不起眼的录音机。

他几乎瞬间就有了怀疑对象,村里有一个刚因为偷盗坐过牢的年轻人,但他没有任何证据,只能在心里恨得咬牙切齿。"这小子以后别让我见到他。"父亲已经在心里认定是他所为。他紧握拳头、横眉怒视的激烈样子能唤起一个人所有的正直。但他天生不会记恨人,过了就忘了。

奇怪的是,之后很长时间里,我们几乎没再见到过这个神秘的年轻人,听说他在外面犯了事,又被关了起来。

村外一家榨菜厂的老板唐银生找到父亲,让父亲帮他拉运修建工厂的沙石砖、土、盐巴、做榨菜用的菜藤。唐银生的工厂坐落在那条河的边上,房子四周堆满了泥土色的坛子,四周飘散着腌制榨菜的咸辣味儿。一罐小小的榨菜要经过几十道工序,处处都有讲究,都装着艰辛,藏着神秘。

父亲拉货不分季节,不论天气。母亲起床干农活时,他已经出门去拉货做生意了。晴天赤日时,他起得更早了。盛夏的午后,室外令人昏沉的热浪快把人融化了。驾驶室里更是如炙烤一般,刚一打开车门,火一般的热浪扑面而来,父亲的粗布衬衣被一层铅灰色的汗水浸透了,热辣辣地扎在皮肤上。在外面跑车,他很少回家吃午饭,在路边用简餐随意打发了。晚饭后,母亲把他的那份留在桌子上,所有的食物都放在一只盘子里,再用另外一只盘子扣在上面,以便让食物尽量保持一些温度。父亲在半夜披着夜色回来,我和母亲拿着电筒在门口迎他,光落到他身上,只有他是明亮的,周围更黑了。白天一整天分开,晚晌我们重新聚在一起。

我们一家三口,每天至少要升半米下锅,田地有限,口袋里四五百斤的稻谷产量,不够撑一年,还差两三个月的口粮,有时饿肚子。外婆从十几公里外的香水村家里带来了米面、绿豆、玉米、芡粉,对我们来说,在那些日子里,这给予简直像过节一样。

有了被偷的经历,从此收工后,父亲把车停放在村口的公路边。每回收车,他下车后围着车子转一圈,像看孩子一样东瞅瞅西摸摸,检查完车况,锁好门窗,才安然离去。

这辆肚子里能载三至五吨货的车子给家里带来了不薄的收入。村里所有人都在同一生活水平之上,没有谁比谁家更好。但父亲在这群人中凭借他独有的驾驶技术,很快将我们家的生活水平和村里其他人拉开差距。我能明显感觉到一些变化,家里多了一台彩电,一套音响设备,吃肉的次数多了起来。我们暂时摆脱了贫困的纠缠,那是段走运的日子。

有了货车的第一年,临近春节,父亲花一千元买了头黑山羊回来,等到过年宰了吃。他把羊拴在门口的石柱上,每晚能听到羊咩咩的叫声。我嘴馋,每天数着手指期盼春节快些来,可以吃上羊肉。一天晚上,羊不叫了,父母没太在意,第二天起来一看,羊不见了,拴着它的绳子也一起不见了,剩下一堆羊粪。父亲像个侦探一样顺着羊留下的模糊足迹在村子里摸索了一圈,但走着走着羊的痕迹完全消失了。那年我们没有吃上羊肉,以后也没有再买过羊。

天寒地冻里,雾浓时,父亲打着手电筒出门,手里的光在雾气中一闪一闪的,照出一截路面,一半儿朦胧,路跟着光延长,雾打湿了他的衣服。他在清晨启动发动机,吭哧吭哧的响声打破了村子的平静。父亲跳上车,一路开到沙砖厂,只是没了录音机,在车上更加百无聊赖了。

小时候很长一段时间里,我和母亲经常坐在父亲旁边的副驾驶

第四章　荆棘里的日子

座上,跟着他去大山里的煤矿厂或者砖窑厂去拉煤和砖。

第一次进山,先是绕过山脉边缘,随后切进山谷。每走一段路,父亲都要停下来探探路,雾气太浓,免得前方有更危险的路况,比如从悬崖坠落的山石或是狭窄而又坑坑洼洼的泥泞小路。山路崎岖,泥泞不堪,颠簸不停,父亲每往右拐弯,我就使劲儿向右拧自己大腿,弯道向左时,我身体又往左倒。

父亲开车时,我从不和他说话,只是和他一样盯着前方的路。山里的公路都修在万丈悬崖边,狭窄而曲折,只有心理素质过硬的司机才有可能在这山间来回穿行。山间榛莽丛生,路边横亘着岩壁,岩壁间偶尔有流泉渗出,清泉汇成极小的水道,自上而下流出。有时迎面开来另一辆车,在狭窄的山路上会车,一退一进要花去十几分钟。

煤厂砖厂多在山里,早上进山,雾气重重,雨刷器根本起不了作用。下过雨后,路面变得跟水田里的稀泥一样烂,一个人的运气全由天气决定。这对父亲来说也是一次冒险,即便小心翼翼驾驶也避免不了车轮陷进泥淖里,一踩油门,两个后轮在泥潭里飞快打圈,把稀泥甩到几米开外,轮子在坑里越陷越深。只能借助千斤顶,把车身往上抬,再往泥坑里塞上碎石,才摆脱了泥泞的阻碍。

汽车行驶在那些山路上,由于一种外在的颠簸和内在的微微震动,座椅战栗着,像蛋壳一样晃个不停。但看着父亲自如地掌控着方向盘,他看起来就像这辆车的一部分,我心里踏实了许多。

群山峭拔,狭窄泥泞的山道盘旋而上,又从山的另一面蜿蜒向下。煤矿长在一处隐蔽的山脚下。父亲把货车停在煤堆旁,两个工人站在煤峰处,提着铁铲一铲铲往车厢里倒。累了,就靠在一块裸露的石头旁,点一支烟,吞云吐雾歇一会儿。父亲的世界里只有雇主和煤砖厂的搬运工人,全都是为生活奔波的男人。

上货工人的外衣上落了很多灰尘,一动尘土就在空气中凌乱地飞舞起来。他们的头发、眉毛、鼻毛上都沾着煤灰,脸上也像胡乱地涂上了黑色的胭脂。

煤炭装好车后,锁上货箱的门,我们要赶在天黑之前尽快下山,车后的尘土慢慢卷起来,被我们甩在身后。南方的日落是快的,黄昏只是一刹那,这边太阳还没有下去,那边,在山路的尽头,烟树迷离,青溶溶地,早有一撇月影儿,月光透过薄雾照射下来。

天空像一件灰蒙蒙的纱布,从山间刮来的风冰冷刺骨,暴露在这种恶劣天气中是对一个人意志的最大考验。车子从山顶抵达山脚,从白天驶向黑夜,一天的舟车劳顿,到了相对安全的盆地。因为太累,我很快就睡着了,一夜做着光怪陆离的梦,梦中感觉车子行驶在水上。

父亲的货车是流动的旅行箱,有时我能见到少见的景色。那样的日子里,天气十分晴朗,能见度很好,天空蓝得透亮,路边繁花似锦,渲染出一片黄红白交织的景致。穿梭在山间,因为精神高度紧张,我差点错过了这世界上最美的风景。我把脸贴着冰冷的窗玻璃往外看,一缕缕云雾如丝带缠绕着群山,在山凹处,云雾聚集在那里,形成一个云池,轻飘飘地浮在那里,偶尔有一两只小鸟振翅飞过那片云海,宛如仙境。

穿插在这些美景之间的,是可能随时夺去生命的危险信号。有一回我们随父亲拉货,从山里往山外开,刹车失灵了,一个弯道接一个弯道,父亲靠控制手刹避开一辆辆擦身而过的车辆,直接把车开到了修理厂。他已经对这辆货车的性能了如指掌,只要听发动机的声音,就能判断出是否有异常。等到了那里,他才告诉我和母亲。从那以后,父亲不再让我和母亲跟着他一起出门拉货,那太冒险了。

父亲待在车上的时间比在地上的时间还长。他的手像是会魔法一般,驾驶车子在险峻的山路和混乱的车流中游刃有余地前进。从山上开到山脚,像从一个巨大的升降平台上起起落落,结束那段艰难路程时,父亲满头大汗。他用他的眼神告诉我,穷人的世界里没有容易二字。那时没什么罚款和过路费,但只要车一坏,修理费几百上千的。父亲当时经常说,开车就像老鼠尾巴,发不粗长不大,遇事一朝回到解放前。

父亲操控这个庞大的机器如鱼得水,他的驾驶技术在村里出了名的好。对他的车技,人人都由衷叹服。翌年,有两个人登门而来想拜父亲为师,教他们开车。

一个是村口袁大头的大儿子袁伟,一个是街上刚退伍回来的志愿兵熊余。父亲说,如果是其他人,他不同意教。当过兵的人,能吃苦,和他有过一样的经历,他愿意教。袁伟家里穷,学门技术,走哪里都能活下去,他乐意教。这样,父亲多了两个徒弟。

半年里,父亲去任何地方拉货都带着他俩。袁伟刚初中毕业,他身材矮小,皮肤黝黑,身体壮实,能说会道。他还有一个比他小五岁的弟弟,他想学门技术在家乡谋生而不是外出打工。他认为自己天生是开车的材料,并能靠这个技术养活一家人,再娶一个不错的老婆。每次练车,他会在约定时间前半小时出现在货车边上,学着父亲的模样,东摸摸西看看。他听到货车的声音就兴奋异常,如果一直待在车上,他会当成一种享受。

并不是每个开车的人都能成为合格甚至优秀的货车驾驶员。父亲说,开车也需要一种信念,它决定你的两只脚是否能准确踩在离合器或油门上。熊余很快意识到自己并非这块材料,他连离合器都踩不利索。正如他自己所料想的,他最后学会了开车,但并没有成为货车驾驶员,而是成了一名小镇上的银行职员。他挣的钱比袁伟多,后来买了小汽车,驾着它在街上来来往往的。

父亲进城是我最期待的一件事。每次他从县城回来,就好像出了一趟远门回来似的。他总是从城里带回来一个大绿皮西瓜,家里没有冰箱,母亲把它泡在装着冷水的盆里,炎热的天气里切开了也不会坏。城里的西瓜比村里的都大,都红。我捧着一块瓜,吃得一嘴籽儿,把甘甜的瓜瓤吃尽了,再把瓜皮扔进咸菜缸里腌了吃,入了味儿,酸咸交织,清脆爽口。

我时常会想起自己三岁,又或许四岁时,跟在父亲屁股后面,跳着闹着要跟他进城买西瓜。父亲一把将我举起来,送回母亲手中,母亲拴着我。我看到父亲渐行渐远的背影,穿过二娃子家,大奶奶家,飞飞家,消失了。然后我才哇哇大哭起来。

父亲每天下班回家总是一身脏,伴随着浓浓的柴油味。回到家后他脱下袜子,汗水已经把它们凝成一块,他的脚后跟磨得掉了皮,脚底上有硬硬的茧。当他精疲力竭地结束了一天的工作,回到家时,他并不关心鸡有几只,猪有几头,地里的土豆长势如何。他对自己的什么的东西放在哪儿一无所知,尤其是厨房里的东西。工作的疲累

第四章　荆棘里的日子

让他总是沉吟不语,他倚在一个塞满破布的枕头上,微微向左歪着脑袋。片刻休息后,他又恢复了早晨的精力和劲道。

母亲总说,如果学习不好,长大了就只能和父亲一样开车,当个司机干苦力活儿。我心想开车挺好的,可以去所有想去的地方。多数村里的孩子在初中或高中结束后就会辍学,一些人甚至完全没有机会上学。年轻人在中学毕业后或十四五岁就去沿海城市打工,离家谋生。教育在农村不是必需品,尤其对女孩而言。但父亲对我说:"只要你想读书,我跪门槛(乞讨)都会让你读下去。"

在这里,父亲靠着一门技术变得富有、自由,成功地把全家的生活从困顿泥淖中拉扯出来。那时有手机的人很少,父亲是其中之一,他先是拿着一块"大砖头"四处张扬,整天招摇过市。上世纪九十年代后期,他的腰间换了一部蓝灰色的摩托罗拉手机,找他拉货的人一打他电话,腰上手机皮套里就叮铃铃地响。他翻起皮盖,按下右边的绿键,周围的人都把目光投向他,眼里是羡慕的。

最羡慕的人是街上饭店兼杂货店老板庆林。虽说他是老板,但他当不了家,店里的实权都在他老婆手上,包括买手机的事。他老婆身材矮胖,扎一条拖到腰际的辫子,她的刘海剪得和刷子一样齐,前额越发显得高。棕色的眼睛射出一种凌厉、寒冷的光,身上散发着一股厨房的味道。她说话时吊着嗓门,声音穿透半条街,时常坐在柜台或门口嗑着瓜子。

夏天收车后,父亲喜欢从庆林家买瓶冰冻啤酒喝。他对酒不怎么讲究,那是在随便一个商店都能买到的廉价酒。有时夜里回来,买啤酒的任务落到我身上。我惧怕黑夜,一路上,只有天上的月亮星星和此起彼伏的蛙声与我为伴。我打着手电筒,银色铁皮已经锈迹斑斑,一束暗黄的灯光刚好能照到眼前的地面。我一路小跑着,踏过田坎,跨过石桥,想尽快跑出黑夜。光线忽明忽暗,我用力摇摇里面的电池,灯光稍微亮了点。头顶上永远是一枚弯月,我很想问父亲为什么月亮从街上一直跟着我回家,而且看起来越来越亮。

从村里到庆林家的路上没有一盏灯光和一个人影,我要路过那条河。月华如练,月亮、星星和天空的一切原封不动地投映在河里,世界仿佛多了一个天空。黑夜里,我唱歌壮胆。我能听见自己登登足音,这个声音鼓励我,使我走得稳当,不踉跄。但我还是感到黑暗中有种东西紧跟着我,使我走几步路就回头看一眼,不由得产生一种恐怖感。

庆林家的啤酒和冰柜里的猪肉放在一起冰冻,啤酒瓶外壁上一股肉味儿,在冰箱里冷藏了一天,拿在手里那冰劲儿穿透皮肤,像电流一样通遍全身。

我手里拿着一块五一瓶的啤酒,小心翼翼地把它提回家,放到父亲眼前,此时才感觉完成了一项艰难的任务。酒足饭饱后,父亲鼾声如雷地进入梦乡,从而结束这一天的生活。

村里,小孩的嬉闹是在河里,在山林里,在草地上,大人的娱乐活动只有纸牌和麻将,但不是所有人都有从田间地头里解放双手的时间。

父亲的生意越来越好,挣的钱多了,意味着他有更多可支配的时间和自由。土地有限,母亲也不用一直被农活缠身,他们的消遣活动是到街上庆林家和熊二家打牌和搓麻将。

无论是在附近的村庄还是在那条街上，庆林家早已积累丰厚的消费人脉，让他家的顾客川流不息。庆林在拥挤不堪的铺子里将一捆捆的纸巾、烟酒、香料、糖果塞满货架，沿着墙壁堆放的大口袋里装满瓜子、怪味胡豆、灌装胶水。

街上的居民不以农活为主，庆林家的食客离开后，空闲下来的餐桌就瞬间变成了牌桌。一到傍晚，那儿的房间里，打牌的打牌，搓麻将的搓麻将，每个桌子周围围了一圈观看的人，小孩儿窜进窜出，挤挤攘攘的。庆林十岁的儿子使坏地在四张牌桌间捣鼓来捣鼓去，不让人打安宁牌。我们村里没有胖子，除了庆林的儿子。夏天露着肚皮，鼓鼓囊囊的，父亲总拿他开玩笑，说他像一尊弥勒佛。

父亲也是这些牌客中的一个，与其说他是为了寻找乐子，不如说是因为无聊。我放学后常跑去父母牌桌边，看他们打牌。父亲有他独特的记牌方法，这五十二张牌分别被握在四个人的手里，打了几轮后，牌桌上的四个人手里各自握了什么牌，他能准确猜到。

牌一拿到手，父亲脸上就立刻露出一副沉思的样子，上下唇紧咬住刚点燃的香烟，并且在整段打牌时间里一直保持着这种姿势。庆林打牌喜欢虚张声势，手里握的一副烂牌，却像拥有无敌的天牌。有时他一边把几张牌往桌上重重地摔去，一边情不自禁地叫道："啊！去他妈的，没别的牌了！"或者干脆叫道"皮蛋"，或者叫道"跑得快！"，甚至干脆叫一声"黑鬼！"当他打出一张大牌的时候，总要用手在桌子上重重地捶一下，如果是大王，就叫道："来嘛，看你们能不能吃。"父亲知他底细，每回都能揭他的底，压住他。

他们在自己一伙中间便是用这些变异的名称来叫各种各样纸牌的。每局牌打完之后,他们照例要争吵一番,互相指责某一次的出牌有误,嗓门都扯得相当大。庆林老婆在一旁用更大的嗓门吼住他们:"莫吵!莫吵!下一局!"

一局结束后,父亲嘴里的烟也燃尽了,烟头上留着一圈他深深浅浅的牙齿印。庆林也从胸前衣兜里摸出一盒揉成卷儿的梅花烟,从中掏出一根点着,狠狠抽两口,再用力吐出来,他的牙齿上积着厚厚的烟渍,一张嘴满口的黑。

父亲脚下的烟蒂越积越多,整间屋子浮着浓浓的烟团,飘荡着香烟的味道。我看到他嘴上的烟越来越短,烟头像一朵橙色的小花一闪一闪。

在如此艰辛的劳作之后,打牌、粗茶淡饭和劣酒能给人带来最大的享受。有时这似乎成为他活在这个世界上最大的安慰。

有时,父亲会在那里和庆林下象棋,庆林总输。所有只要会在棋盘上摆弄个一兵半卒的人都认识父亲,他很难在那条街上找到合适的对弈者了,因为根本没人能下赢他一盘棋。但他从来不故意输给任何人,"他们都是在用手下棋,而不是用脑"。

父亲全神贯注盯着棋盘,有时候,那盘棋好像永远不会结束,象棋中的小卒不能够离开棋盘上的方格,永远被困在不能超越的游戏场地里。

夜里九点,人们的作息和每天升起的月亮一样规律,沿街的房屋都熄了灯,天上有月亮和星星,白白的星辉下,回家的道路很清晰。我趴在父亲的背上,他背着我回家,过桥,过河,过田。

我半睡半醒的,迷迷糊糊能听到田野里的蛙叫,能听到父亲和母亲细声细气的说话,能看到河边唐银生的工厂里的灯还亮着,这一切都像在我的梦里,他们具体说什么我听了又忘了,恍恍惚惚的。

唐银生是一个身材矮小,卷发秃顶的男人,他每天穿一件深灰色西装马甲在厂子里转悠,东盯盯西瞧瞧,脸上始终挂着笑,整张脸像压缩在一起似的。

他的工厂生意好做时,榨菜卖到了外地。二十世纪九十年代,他赚进的钱已经够让他实施更大胆的扩张策略,但他丝毫没有如饥似渴地成为有钱人的野心,兢兢业业在河边守着他仅有的事业。

那条河历年以来都保持着善意,很少发大水,但那年夏天接二连三下起大雨,河里突发大水,河水涨了三四米,河水漫上来,把唐银生的工厂全淹了。河水把榨菜连同菜缸卷走了,工人都放假了,他和家人连夜抢救,最后只救起来几十只榨菜缸,新鲜的榨菜和腌好的榨菜跟着河水飘走了。

大水退去后,青菜头和破缸子绊着泥沙散落一地,鸡鸭四处乱窜乱飞。他的工厂被天灾摧毁了,关了门,欠下一身债,包括父亲的五千元。他从村里生意做得最大的人变成了一无所有的人。

有一天早上,唐银生跑来我家,说没钱还了,要用鸡鸭鹅蛋一点点抵债。父亲说,那能值几个钱,不要,钱也不要了。他把几篮子鸡蛋放在父亲面前就离开了。父亲说,他为人好,没啥心眼儿,欠的钱不要了,等他有了再说。父亲拉货回来后唐银生常邀着一同喝酒,是自制的热辣刺喉的高粱老白干。一杯酒下肚,无话不说。但唐银生此后便没有声儿了,工厂没有再开,直到我们搬离村子,他人也没有再出现过。

村里唯一的工厂没了,父亲的运输生意从此一落千丈。在生活的逻辑中,他的生意也不可能一直好下去。后来生意越来越不好做,找上门的货主皆是本村或邻村人的零碎活儿,砌房子的,修猪圈的。父亲遭遇了他运输事业中的第一次滑铁卢,他分明已经开始意识到,自己在生活中吃了败仗。

当然,他的生活也没有坏到垂死挣扎的地步。不济时,他只得继续接一些零散的私人活儿,同样是拉煤砖沙石,收入菲薄,有不少赊账的活儿。

有一天,父亲前去街上另一头的一个村子收债,在那家人的地坝前,欠债的男人苦着脸只说没钱。父亲去讨了两三次,得到同样答案。

第四次,父亲叫上几个平日里关系不错的朋友。他有一股讲义气、重承诺的传统侠义精神,像武侠小说里的武林盟主,一呼众应,再次去找那人要钱。那人见这阵仗,越发怒火冲天,说是要钱没有,要命一条。

父亲受了刺激,冲上去抓住他衣服,抓挠挥拳中,那人冲回屋拿出一把匕首,径直朝父亲冲过来。父亲拔腿就跑,那人在后面追。逃跑时,他从街上熊二家两层楼房外的窗户口跳了下来,继续没有方向地跑。

疾跑了四五里地,那人并没有停下来的意思。父亲疯跑到一片苎麻地里,麻叶子被他猛烈地拨动一阵乱颤,后来他被一条枯藤绊倒趴在泥地上,那人猛扑过来将匕首插进父亲的右小腿,一刀,两刀,三刀,四刀,刺完跑了。

父亲倒在原地,伤口的血汩汩往外流出,他真切地感觉到灵魂正在经由自己的伤口离开身体。他提醒自己冷静下来,试图撕下被刺破的裤腿包扎伤口,但还没来得及就已被鲜血浸透。他把里面的衬衣脱下来,绕伤口缠了一圈,用那台摩托罗拉手机打通了街上大姑父家的座机。他正尽力使自己不失去意识。

大姑父十来分钟就在苎麻地找到了瘫倒的父亲,他的血已经渗进土里。两只手冰冷无力,嘴唇已经失去血色。他被扶起身来,但恍惚中感觉到身体仿佛不是自己的,而是别人的。他趴在大姑父的背上,并没有慌乱,也没有丧失清醒。

那年我正在四年级的教室里,大姑父把我叫了出去。"出事了。"他说了三个字,我至今记得他那惊恐又同情的眼神,透出一脸的不安。接着他告诉我,父亲在医院,让我去看看。

他出什么事了?什么样的事故?他受伤严重吗?他还活着吗?对答案的恐惧,让这些问题在我脑中挥之不去。我坐上一辆面包车,在漫长的忐忑不安里到了镇上的卫生院。

那里阴郁的大厅里飘着一股病人的汗水和药水混合的怪味,等我到了病房,父亲的腿已经用白色绷带包扎起来,他脸色看上去和之前没有区别,但他看出了我的惊恐。

"别害怕,没事。"他的幽默感无处不在,"我只是和怪兽打了一架。"

对我来说,他还是那个亲爱的父亲,一个风趣、温暖的人。我很清楚,对方不是怪兽,而是可能要他命的人。

"他不会杀了我的,你看,他明明可以直接刺向我胸口,但他没有。"

"你不该这么冲动。"母亲在一旁说。

"我只是想要回属于我的钱。"他平静了,带着一种不屈不挠的神气。

这件事的结局是那个刺父亲的人被抓了起来,父亲最终也没拿回属于他的钱。我当时隐隐觉得这是父亲人生中的一件奇事,他若在古代,一定是位英勇的侠客。

侠客打怪兽是小说里的故事,有些怪兽是在自己心里的。最繁忙的夏季很快过去,父亲已经很久没接到拉货的生意了。他变得忧心忡忡,曾经那种被爹爹追打的恐惧的感觉又从他心底升起。他把大多数时间扔在庆林家的酒桌和牌桌上。从那时起,一切都每况愈下。他的幻想,连同我和母亲的幻想全部破灭了。

随着生意一起变差的还有父亲的脾气。他和母亲能聊的也是生活里微不足道却能活命的事儿:明天还有什么吃的,米缸里的米还剩多少,六点准时到井里挑两担水。家里的生活再次陷入困境,最终,他们无法避开生活的琐碎烦恼,并为此失去了对彼此的耐性。生活似乎有它自己的意识,它轻蔑每一个恐惧它的人,轻视每一个逃避它设置的暗礁的人。

一个冬天的深夜,不知道是几点,我和母亲已各自睡下,父亲在外面喝酒回来。我听到他爬楼的声音,从我床前经过的脚步声,一股酒精味儿透过蚊帐飘进来。一阵窸窸窣窣的响声后,迷迷糊糊中我听到父亲和母亲争吵起来,父亲要母亲把钱拿出来,母亲说没钱。母亲说，整个家所有积蓄只剩下二十元钱，一切的开销都依赖于这二十元，她绝对不能把钱给父亲。几乎不用盘算就知道这二十块钱维持不了几天。

　　我从睡梦中完全清醒过来时，舌头在隐隐发苦。等我起床跑过去，黑暗中父亲摇摇晃晃正抓着母亲的衣服从床上往下拖拽，我哭着抱住父亲的腿，哭着吼着让他停下来。那个夜晚异常寒冷，我只穿了一条单薄的秋裤，全身不停地发抖。没有开灯，月光下我看到母亲哭泣的脸和父亲苍白的脸。

　　那年我十二岁，父亲三十六岁。我不记得那次的打闹是怎么停止的，母亲拉着我跑到灶屋的柴堆里，裹着一条棉被。那个晚上我不敢睡觉，一直在企盼天亮，昏昏沉沉地熬过了一个晚上，迎来了一个凉爽潮湿的清晨，感觉自己做了一个漫长可怖的梦。那感觉就像经历了一场破坏性极强的战争，天亮了，一切都恢复平静后，眼前的景象清楚了然，你站在废墟上，满目疮痍，迷失了方向。你很清楚，家园可以重建，但心里被抓伤的痕迹会一直存在。

　　母亲脸颊上的伤痕提醒我昨天晚上真实发生了什么。第二天上午，我跟着她走了四个小时公路，到镇上的派出法庭，她要和父亲离婚。

　　法官问我跟谁，我用力低着头，回答谁都不跟。我内心仍是不希望父母分开的，父亲虽是像变了一个人，从我心里的英雄变成了可憎的对象，但我不想离开他。没有他，家也没了。我不知道其他孩子的家里是什么样子，他们的父母会不会在深夜掀起一场战争，我从来没问过别人。我童年总喜欢往阿曼家里跑还有一个原因是，我能看到他们一家四口聚在一张桌上吃饭时热热闹闹的场景,还有挂在墙上的一张全家福,每个人都在笑。

父母的共同生活差点在那天走到尽头。他们夫妻生活的维系不是靠一时的激情,而是在时间里情感的不断沉淀,成为彼此的一部分。在对待妻子的态度上,父亲无法温柔地注视对方的眼睛,无法说任何一句亲昵的话。即便是在妻子面前,他走起路来都有一种天生的高傲,昂首挺胸,目不斜视,步履轻快,一眨眼就消失在视线中。在这一点上,父亲完美地遗传了他的父亲。

那天下午,我和母亲返回家中,父亲垂头丧气地坐在竹藤椅上,手里拿着一瓶药膏。我见他面色羞愧,母亲一言不发,父亲先开了口,向母亲认了错。他是个情绪来得快去得也快的人,会在做错事的下一秒立马陷入悔恨,他无比真诚地请求母亲的原谅。而往往这时候女人都会因为内心的柔软选择暂时放下。

接下去的两天,父亲和母亲几乎完全不说话。母亲站在茫然的十字路口。她说,那时离婚是不光彩的事,她为我着想,不想我被人指指点点,她放弃了离婚的念头,和父亲继续走下去。但父亲伤了母亲的心。

他们的结合是循着大多数人的路子,依媒妁之言,没有爱情的基础,生活中免不了矛盾和口舌,那是我成长中最疲累和无力的一部分。父亲和母亲的争吵不定期爆发,话语里离不开钱。裤腰带勒紧过日子,这里的钱用多了,那里的钱少了,总是不够用的。

争吵是造成父亲与我们之间痛苦鸿沟的东西,就像他父亲用暴力摧毁和他之间的关系一样,暴力带来的是超越肉体痛苦上的恐惧。

那段时间,父亲迷上赌博,卖货车的一万元很快被他挥霍在牌桌上,然后在深夜酩酊大醉地回到家里。

我对他那时的记忆尤为深刻。他意识不清,两只手不停比画着什么,嘴里念念有词,眉头紧锁出两道褶子,脸上有种难以言说的痛苦。我和母亲在半夜从楼梯口把他扛上二楼,他呻吟不断,他那竹笛般的鼾声会随着醉酒的程度变得越来越尖锐刺耳,最终变成响彻黑夜里的一个沉闷单调的音符。当然,我的记忆中比这还要混乱。

就这样,日子一天一天过去,重复着无聊和习染。父亲用酒精和自我摧毁发泄对生活的不满,那时的他经常忧愁困倦,充满焦虑和自我怀疑。在那段不幸的岁月里,他用一种简单粗暴的方式释放对生活的恐惧和厌恶。每到这时,母亲失焦的眼睛望着我说,下辈子投胎,一定要投去更好的人家里。以我那时的年龄,无法理解他们正在承受的巨大痛苦。

直到进城后,父亲好像对生活有了更清醒地认识,那股不服输的劲头又回来了,并相信一点:幸福是奋斗出来的。"在很长一段时间里,我也不知道自己为什么活着,糊里糊涂的。"这像是他对自己过去的总结,把青春砸在糊口上,这点让他由心底产生厌恶。

许多年里,我们无法谈论起之前,仿佛是对过去灰暗岁月的默认。在父亲心里,他似乎从未承担过命运指派给他的角色和使命,尽管他不止一次试图带给我们没有困苦的生活,不止一次把怪兽放出铁笼摆到我们面前。

记得那个如烤箱般炙烤的午后,在县城那间刚搬进去的如工厂厂房般生硬的屋子里,父亲吃完午饭躺在沙发上吹着风扇休息,母亲正在厨房洗衣服。我看到父亲在一旁充电的手机响了起来,一条短信弹了出来,写着"亲爱的我想你了"。那条信息让我怒火中烧,我瞬间感觉母亲受到了极大的侮辱和不公平。母亲从来不会深究真相,对她而言,知道真相后的屈辱远远超过对丈夫不忠的恐惧。我所有的怒气在那一刻爆发出来,并生出一种奇异的勇气要去和他对抗。

我把那台边沿磨损的诺基亚手机扔到父亲身上,他猛地睁开眼睛,一头雾水地望着我,捡起手机看了一眼,又闭上了。

"这个人是谁?"我几乎是吼出来的,母亲从厨房跑了出来。

"只是一个朋友。"

"你这样对得起我们吗?"

"你不清楚就不要管!"

"你不要这个家就早些离开!"

说完这句话我就后悔了,无心无意地滑出口,好像一种刺心的暗示。我在不明就里的一心想替母亲出一口气的同时,已经完全从情感上抛弃了父亲,而他也感觉到了,这句话一下子打到他的心。我看到他眼神里的难以置信,接着像是接受了这一事实之后的落寞和一种仿佛失去自己孩子的绝望,这句话足以产生一道鸿沟横亘在我们父女之间。

我完全把燥热的空气抛在脑后,在乱糟糟的思绪中用像刀一样的语言刺向他,尽管我承认他身上迷人的风度对某些人来说是一种魅力。以他的岁数,他那中等的身材,体面的衣着,平易的气质和神采奕奕的风度,对于周围的同龄女人们着实很有吸引力。

我话语落下后,整间屋子里空气都凝固了,就像是填满了冰块。

父亲从沙发上弹了起来,额头上的皱纹陷得很深,他穿上鞋摔门而出。那个晚上,父亲没有回家,一直到深夜十一点,我的手机屏幕亮起,看到父亲发来的短信:"或许我有错,但家庭对我永远是最重要的。"我陷入自责和羞愧,无论如何,有些话都不应该说出口,一拳打下去,伤的是两个人。我与他的父女关系并未赋予我干涉他自由意志的权利,只赋予我尽可能尝试理解和支持他的义务。此后的日子里,我心底渐渐沉积下一种挥之不去的愧疚。

接着我躺在一张留有太阳余热的木板床上,想起了我们在农村生活时的情景,想起了在微弱的橘黄色灯光下度过的那些无休无止的时光。父亲离家的那天我意识到,在某些方面,我的性格和他一样火爆、执拗、强硬,我对他说出的那些话一样直戳人心底,不留余地。为了补救我感到的那些对不住他的地方,那件事后我只有一个想法,不管是农村还是县城,我们一家三口在一起就行。

时间越久,年龄越大,一些暗藏在心里的难以启齿的话题越容易被提起,灰暗的记忆偶尔会像光打在投影仪上的画面一样清晰显现出来。它也会时常再次跳入生活中,赤裸裸地站在那些惧怕它的人面前。

我决定换一种方式和父亲相处。在他每一个深夜外出未归的夜晚,我从作业本上撕下一页纸,给父亲写信,把所有期待寄托在这张纸上。我把写好的纸压在餐桌上的玻璃杯下面,他一进屋就能看到,我像童话故事里的人一样希望父亲看到后会有所触动。我写的是我想要有一个幸福的家,第二天,他回了信,很有感情,他在信上坦言并承诺,家是他最重要的地方,他会守一辈子。

此后的十几年算是风平浪静,父亲和母亲平日里少不了彼此间吹毛求疵的抱怨,但没有掀起太大风浪。直到去年年初,在平静生活了十多年后,2018年3月的一天早上,我还在睡梦中,母亲打来电话,她在哭,和她年轻时的哭声一样。还没等我开口,她已经把事情说完了。

那天父亲要去物业公司办理辞职手续,他想母亲陪着去,母亲不肯。当他拖着那只仍旧疼痛的脚踝、重新开始行走时,他有充分的理由相信,命运用一次天意的跌倒提醒他的失败。他因为她的冷漠伤心欲绝,争执中父亲动手推了母亲,她的脸颊撞到墙上青了一块。她的话令我一片混乱,四周东西的美好立刻消散了。我想起了过去,在黑夜里发抖的样子,有一个噪声在我头颅里回旋着,嗡嗡的,闷闷的,带着刺。那一刻,我用十多年建立起的快乐只要一分钟便消失得无影无踪。我的火气直冒头顶,心里既愤怒又绝望,直接从网上搜了两张反家暴法的图片给父亲。

"你不想和妈过就离婚。"

"我知道你们一条心,你不管我可以。"

"我该管的会管,家庭暴力绝不允许。"

"我躺在床上她不来吵我,我疯了吗?"

"她打得过你吗?你打她的事我小时候还看少了吗?那是我的噩梦。"

"你问她自己,你莫来教育我。"

"不是教育,是警告!"

"你不管我都可以,你莫说这些话。"

"现在说的是家庭暴力,如果不想过了要么离婚要么报警,我也不怕了。"即使他们在这个年龄离婚,也一定不会有人感到惊讶。

"离婚。"

"你自己考虑清楚。"

"考虑好了。"

"你住哪?"

"你不要管。"

"本来现在你们是要享福的时候了,偏偏不安分,总要弄出些事来。"

"不是我怎么想的,是你们怎么想的?"

"我还不了解你们谁是谁吗?不知道你们的性格吗?从小到大都看在眼里。"

"我认为她应该和我去那里。"

"凭什么她要去?不去你就动手?活到现在,我努力让自己更优秀,只有一个目的,就是让你和母亲过得更好,更有尊严。你是我的父亲,我尊重你,当然我也尊重自己的母亲,我对你们的感情是一样的,我希望你们都能健康快乐,我相信你也能看到我的努力,我能做的都会做。甚至可以说,你们的幸福是我活下去的动力,但是你和母亲之间始终有一些小矛盾,争吵,打闹,那是我最恐惧的事情,我一直尽力调和你们之间的矛盾,希望你们的情感都不会受到伤害,希望给你们同样的爱。但我现在真的累了,好像一生都在为缓和你们的矛盾而活,这些事情我从来没跟别人说过,我相信自己可以解决,可以扛下来,有好几次我想到自杀,感觉死亡可以让我不这么累,尤其是面对自己的父母和家庭的问题,我实在是累了。所以,如果你真的爱我,也希望你爱一下母亲,我才有勇气活下去,继续爱你们。"

我有生以来第一次向父亲袒露这种他不知道的悲伤。

"对不起女儿,让你操心了。我对你的爱永远不会改变!我会听你的话。"

"我相信你。"

"等我心情平复一下,我为你感到骄傲和自豪,你也不要多想了。我只想静静,我在想我的性格什么时候才能改,我应该像对你这样对你妈才行,能成为一辈子的夫妻不容易。"

我很少从他嘴里听到这样的自我批评,在五十三岁的年纪想要改变自己是一件有挑战的事情,但并非不能实现。

"好的。"在那一刻,所有压在我身上的石头都滚落下去。

和他说完这些,我很快从怒气中走了出来。我真的会报警吗?不会。因为他是我父亲,那样只会让我在情感上陷入更痛苦的境地。我一直相信我有能力维持这个家的和谐,因为父亲爱我。我很能明白在父母的共同生活中,他们经历过的困难、失落和难以摆脱的压力,尤其是在一个磕磕绊绊的家庭里长大的孩子更能明白这一切。过去十几年里,我一直在父亲和母亲之间调和他们的矛盾,这已经成为我生命中自然而然的使命。

接踵而至的日子,父亲的确有了显而易见的改变。当两人再次因为生活中鸡毛蒜皮的事意见相左时,无论母亲说什么,父亲只说一句:"不和你说了。"母亲听到这句话时气也消没了。生气一两分钟,大笑一阵就平静了。

结婚这么多年来，他们的关系时好时坏。最终，他们并没有结束这段有些可怕的过时的婚姻。母亲一生奉行的忍耐哲学让她把所有苦水吞进肚子里，我是她唯一的出口。结果是，我会跟着母亲一起抱怨。但这在父亲那里的解读是我更偏爱母亲，他失去了在这个家庭里应有的地位。他有时会借着酒劲儿说，我知道你恨我，总有一天你会抛下我。

这种复杂的局面让我在青少年的某个阶段，对父亲产生了怀疑，他不过是碰巧和我们同住在一个屋檐下，他可以是我父亲，也可以不是。我多数时候会跟他保持距离，他活在他的星球上，我活在我的世界里。直到多年以后，我才意识到我对父亲的冷落，只会让他成为这个地球上又一个没有安全感的人。

夫妻共同生活二十多年后，他们在相处中有时仍会是彼此眼中的刺。父亲每次吃饭时总把饭粒掉在地上，一开始母亲什么都不说，但后来忍无可忍，一旦出现那种情况，她就会像发现一桩罪行似的责难他。她会说，你的下巴是不是有坑，总漏这漏那。虽然父亲把垃圾桶放在两腿之间，但总有漏网之鱼。

"你永远都是说我傻。"

"我只是说你在说每一句话前应该过下脑子。"

……

"我这不是为了帮人找到一个合适的对象吗？"

"是的，你很善良，你是一个善良的人。"

……

"你应该多加点盐巴和辣椒，太清淡了。"

"如果你嫌我做的菜不好吃,你就自己做吧。"

这样的对话在生活里翻来覆去地出现,他们之间的争吵也不会随着时间的流逝停止。在厨房里忙碌的人永远是母亲,父亲是厨房外的人,这种分工一直持续了三十年。母亲的心直口快和爱管闲事有时让他大为恼火,不过他承认母亲是极其善良的一类人,这是他能忍受她有时不能理解他想法的基础。在两人共同生活了三十年后,新婚之初就有的抱怨并没有随着时间的消逝而减少,那反而成了生活中自然而然的一部分和一种习惯。

我大学时就去了遥远的外地,逃离了压抑的家庭氛围,想着等我离开,这些问题都不再重要了。从那以后,我很少和父母长期相处,当我回过头去看,才发现自己是有意无意地逃离像随时会有炸弹引爆的家庭生活。我要去外地上学,父亲并不拦我,我要去外地工作,他也不碍我。他只是由着他的性子,每天像和尚敲钟一样准时发信息给我。

我每次回家,父亲都要请我去外面吃火锅或烧烤。

"我请你吧。"我说。

"还是应该我请你的。"

"我有钱了,让我请你。"

"你挣得比我多了,但我还是有请你吃饭的钱。"他坚持着。

我们并肩走在县城的街道上,路边飘来烧烤摊的油烟味儿,街道两边的樟树上挂着缤纷的彩灯,行人三三两两。最后,我们决定在路边的大排档吃烧烤,他选了我爱吃的羊肉串、豆皮、土豆、红苕粉,坐在路边,看着来往的行人和车辆消失在夜色中。那时,我们好像已经成了县城的一部分。

等我离家时,父亲说我,翅膀硬了,总想往外飞了。他提着我的行李箱远远地跟在后面。一直到了汽车站,他也还是远远地站着,看着我上车,直到汽车离开县城。

去外地上大学是我逃离的开始,毕业后不愿回家乡工作是逃离的持续。毕业后,我在报社找了一份工作,我的生活里充斥着惊人的故事,我见到的都是遭受过更多磨难的人:一个在海上迷失八天七夜生存下来的渔民,一个被高空坠落下来的狗砸中的瘫痪的人,一个在知天命的年龄永远失去自己心爱女儿的父亲……我每天不停地赶路,不停地采访,激情昂扬地撰写报道。很快,我忘记了自己生活里原本的幽暗。

我们各自的岁月在不同的生活内容之间产生巨大的差异。父亲还是在小县城里当着他的司机。他还是坚持着每天发给我三条信息,这已经成了他的习惯。在那些日子里,我一年里能见到他的时间最多只有十几天。在那些更多和他分别的被其他事物占据的时间里,我错过了他一步一步走向衰老的过程,错过了他在经历生活中的沮丧时重新爬起来的勇气。

至于我每次出差,在抵达目的地之前他更是信息不断。"什么时候出发?""飞机还是高铁?""为什么一定要坐那么晚的飞机?""到酒店没有?""采访顺利吗?"他总有问不完的问题。

我用自己的生活证实了父亲的一句话:一个人可以活出自己。他从不左右我的决定,只有一次,我要从一家国有企业跳槽时,他委婉地劝过我,"我认为这里不错了"。但我坚持了自己的选择,他随后也追随了我的选择。那时他对我热切的关注表现得更为明显,我的每一篇新闻报道成了他的必读,有时我是从他口中得知我的新文章已经发表了。他是我的第一个读者,这成了我和他之间的一种默契。

经过漫长的岁月,我才逐渐领悟到我可能在盲目责怪自己的父亲时,忽略了他在生活里带给我的那些闪闪发光的记忆,而这些记忆恰是我能找到的岁月的支点。

# 第五章
你不能遗忘一切

2018年的春节,我工作的报社让记者回家后写写自己亲人的故事,我第一个想写的人就是父亲。

长久以来在我印象里,父亲是一个性急而郁郁不得志的男人。等过了四十岁,他的脸越来越圆,肚子也向前突出来。当他不停寻找拿在自己手里的杯子,将毛衣的反面当作正面穿时,他意识到自己开始变老。但他变得越来越和善,年轻时好强倔强的脾气收敛了许多,眼中多了一些温和与平静。他已经戒烟很多年了,但鼻炎一直没有彻底放过他,有时候它会战胜他,比如在鼻炎的刺激下他睡觉不得不张开嘴巴呼吸。

五十岁时,他的体力和精力大不如以前,有时他会看着镜子中自己脸上的皱纹对我说:"看嘛,老咯。"

"哪里老,还是中年人呢。"我根本没有意识到衰老意味着什么,很自然地这样回答他。事实上,他看上去比同龄人年轻好几岁,另一个事实是,我们每一个人都将变得苍老而羸弱。

在我不同的成长阶段，父亲都隐约流露过对自己人生的不满。并没有人完整地了解过他的人生，但那一刻，我很想知道，在成为我的父亲之前，他的生活和经历。

那年春节前几天，我从外地回到家里时，父亲因为在工作中意外受伤躺在家里休养。那时他在一个小区物业做些修修补补的工作，这也是他从未做过的事。临近春节，小区的树上要挂灯笼，这个任务交到父亲手里。那天，他提着一只灯笼爬上一棵香樟树，那棵树高约五米，父亲刚爬上去，脚下的枝丫断了，他失去重心毫无防备地从树上摔下来，右腿骨折。

他并不喜欢这份物业工作，一天的大多数时候，他只需要坐在办公室里，有人家里的东西需要维修时，他的工作才真正开始。

在这份工作之前，他仍是个司机，在县城环保所开清洁车，每天早上七点起床后，在规定的八个小时里来来回回清洁县城的街道。四年后的一天，在一次公司安排的身体检查中，他被测出高血压，并因此被解雇。他愤愤不平，坚持说那次检查前他血压控制得很好，血压原本就忽上忽下的，这个病只是让他离开的借口。

那年他五十岁，觉得自己受到了侮辱。"他们说不要你，就不要你。"在工作上，他从来没有什么决定权，在县城里换的近二十份工作都是如此。尤其是年龄越来越大时，他感觉到自己的选择空间在急剧缩小，但与此同时他需要一份工作。

在近四十年的勤奋和各种考验的磨炼中，父亲像医生了解人体每个经络一样熟知车辆的每个零件，但他终究还是个司机。如果人们不是为钱而是出于爱好而从事一门职业，那么在从事这门职业时会出现一个瞬间,在这个瞬间增长的岁月似乎导致虚无。父亲说不清是出于哪种情况,但这些瞬间会不断出现。义愤填膺地从环保所的大门走出来后,他第一次放弃了驾驶员的工作,物业的工作也算是一个可以栖身吃饭的去处。

那时,父母已经搬进县城里的廉租房内,每年房费一千二百多元。那里是新城区,一座悬在高空的大桥把它同老城区隔开。那里的房屋是新的,道路是新的,街边的树是新的,人也是新的,那里居住着很多刚从农村搬到县城的人。刚搬进去时,他们花两万元装修了一番,那是一套六十平方米的两居室,装修得简简单单。客厅里放着一张柔软的蓝灰色绒布沙发和透明玻璃的茶几,靠墙是白色的电视柜,上方挂着针线绣制的、写着"家和万事兴"的牌匾。

父亲在家时,茶几上总是放着一杯冒着热气的普洱茶。从五年前开始,我几乎每隔三个月都会给父亲买几盒他喜欢的普洱茶,还买了紫砂壶、茶杯、茶盘。但他嫌麻烦,说那是无用的仪式感,从来不用它们,而是坚持按照自己的方式直接把普洱茶沏在一个不锈钢保温杯里,再把茶水一杯杯倒进小小的茶杯里。六个茶杯被他摔破两个后,他就再也不用了。

在面向幽静、楼房成行的生活区街道的朝南窗台上,母亲在废弃的铁盆和塑胶桶里种着绿叶蔬菜,小白菜、莴笋、青菜长得颇为茂盛。一个房间是父亲和母亲的卧室,摆放着一张用了十年的木床和一个简易衣柜。另一个十平方米的房间是外婆的卧室,八十八岁的她已经卧床五年,睡在一张护理床上,不能自理,吃饭翻身上厕所都要靠母亲的双手。

整体来说,这套公寓显得温暖而朴实,虽然不是我们自己的房子,但和以前住在暗湿的地下室和破旧的楼房形成强烈反差,这里完全摆脱了过去的凌乱和嘈杂。母亲的勤劳,让它一尘不染,无论站在哪里看,它似乎泛着光的样子,这个小小的空间变得像个理想居所。

唯一和过去相同的事情就是我没有睡觉的床。春节回家这几天,父亲睡在沙发上,我和母亲睡在他们卧室的床上。母亲睡得早,我也跟着早早睡下了,此刻窗外噼里啪啦下着雨,打在窗沿上,伴随着母亲轻缓的呼吸声。房间里充斥着一股药膏味。我睡不着,隐隐约约能听到客厅里电视机的声音。父亲总在凌晨三、四点钟醒来,头脑清醒,便打开电视打发时间。年纪渐大,他的睡眠就不那么听话了。他时常在沙发上躺一个晚上,我能听到他翻身时和沙发光滑硬座表面摩擦出的唧唧声。电视里的声音成了伴他入眠的催眠声,他会给电视定时,在他入睡后电视自动关机。

和在农村时一样,电视机开着,灯关着。电视已经不再是从农村抱来的那台,那台用了十年的电视被遗弃在上一个出租房里。多年来,那些跟我们有着情感上联系的东西随着每一次搬家逐渐被埋进废墟里。唯一带在身上的是一本相册,桃粉色相册的表皮已经完全破损,里面夹存相片的卡页已经皱皱巴巴。相片多是父亲当兵时期拍的,照片中的他穿过三分之一个世纪的时光注视着我。

那些被岁月磨去了颜色的照片,印记着他年轻时的模样,不知道是他在哪一次回乡途中拍摄的。照片已有些漫漶不清,但还是能看清他的脸。这是几张穿着军服的军人照片,父亲瘦长个子,穿着半旧草绿军装,头戴印有五角星的军帽,昂首挺胸地和战友站在天安门广场和人民英雄纪念碑前面，相片表面虽已泛黄，但那是父亲的勋章。

这些照片和他脑海中最久远的回忆对照起来，拼凑出一幅他的青春图案，它们标记着他人生的轨迹。他常在电视里音乐伴奏下唱起当年在部队里学会的歌曲，嗓子一开，他情绪高涨，不唱到最后一句决不停下来。多少年过去了，他这个特点却始终未变。他是一个军人，这是他一辈子的信念。因为当我们搬了无数次家，扔了不计其数的东西后，他始终把他当兵的照片和退伍证留在身边。

在过去的几十年里，这些陈旧的照片我已经看过无数次，但从不腻烦。有时是父亲拿出来翻看，有时是我主动提出来想看，这次也不例外。他每次捧着照片都像穿越回那个时刻，讲述那些过去的故事，然后意味深长地微笑着。当他刚刚迈入暮年，生活中的一切都已安定时，回忆过往变成一件忆苦思甜的事情。

我小时候不喜欢照相，所以留下来的照片仅有一两张，但从未有过和父母的合影，唯一一张一家三口留下合影的照片，还是在爹爹家找的全家福里。

我在寻找一个开口的时机。"讲讲你小时候的故事吧。"当电视屏幕的光黯淡下去时，我说。他在阴影里，觑着眼看不出是醒是睡。

"讲这些有什么用，没人要听我的故事。"他在沙发上翻了一个身，手里握着遥控器，两只手抱在胸前。

"我要听。"到那一刻我才发现，我们虽然生活在同一个屋檐下，但我对他知之甚少，更别提走进他的内心了。多年来我头一次费尽心思地想去了解自己的父亲，我为此激动。我想知道他的事，他有过什么样的烦恼，他怎么看待他自己。

他面容疲惫,倚靠在沙发上,看他最喜欢的《动物世界》。电视里正在放东非大草原上的狮子,这个狮群有四十多名成员,两位狮王同时失踪了,整个狮群乱作一团。年轻的雄狮跃跃欲试,要夺取王位,而年轻的雌狮们则希望最强大的雄狮加入进来。

父亲脸上的颜色随电视屏幕散发出来的光不断变换。我工作后一年回家一次,他看上去和去年没有太大的变化,鬓角的白发不算蔓延得厉害,还是穿着那件黑色的棉衣,执着地问我在外面世界的各种经历。他关心的不是世界,而是我。

父亲说,他没有什么可讲的,都是平平淡淡的生活,和大多数人的一样。我打断他,并告诉他,我想听他讲讲自己。接着,他默默把电视声音调成静音,似乎想说什么,但只是盯着电视机不停闪动的画面,一个字也吐不出来。

他陷入沉思中,大概憋了几分钟,父亲开口了,他的故事开始了,带着我慢慢走进一条属于他的时光隧道。

1965年,父亲出生在一座大山里。那个村子住着三十几户人家,土木结构的房屋建在半山腰上,点缀在茂密浓墨的树林里。父亲的家是四间木质的双层楼房,算是村里的大户。夜里的农家灯火和星星连成一片,他说,那时候的星空,笼罩着整座大山,整个天空都布满了星星,几乎没有留白处,他喜欢在屋顶端详月亮,有些乌云驶来遮住了月亮的面孔,一切都虚无缥缈的。

村子四周的高山屏障让这里的人与外界长久隔绝,没有人有理由认为任何事物会改变。他们的脑袋里装满从祖父辈和父辈听来的民间故事,有些人甚至能滔滔不绝地讲述,但他们可能一个字都不认识。

奶奶是村里的赤脚医生,爹爹是民办教师,在离村子数十公里外的另一个乡村的小学教书。那个乡村依河而建,地势平坦,是一个更加肥沃的村子。

父亲人生的前十二年和奶奶以及祖祖(重庆方言,爷爷的母亲)生活在山里,每天早上,公鸡鸣叫的第一声,他就起床开始走白雾茫茫的山路,一直走两个多小时,走到山外的学校去。其余时间,就是放牛,割草,砍柴。他跟老水牛感情好,水牛是全家最重要的劳动力之一。他找到一片空旷的山坡,地上的草够牛吃的,他把牛拴好,跑去爬树,取鸟窝,在草地里翻跟头,自己跟自己玩。每周,他会到竹林里砍一捆斑竹,背到山脚下的小镇集市上去卖,为家里挣几毛钱的收入。

父亲有兄妹四人,他是家里的长子,承担的是整个家庭希望的命运。爹爹对他极为严苛,一生信奉"黄金棍棍出好人",或许他认为强压式或贬低式的教育更可能让他的孩子成为他所期待的人。父亲是在他的棍棒教育下长大的,可他不吃这招,越挨打越叛逆,疯了似的满地跑。

在他小学三年级结束后,爹爹想带他到自己教书的学校读书,放到自己眼皮子底下,父亲死活不愿意。他想留在山里,待在奶奶身边。

父亲的犟脾气激怒了和他一样牛脾气的爹爹。一天,在面红耳赤下,爹爹跑进灶屋抄起一根扁担朝他挥过去。他向外跑去,爹爹在后面追,跑过农田,树林,又跑回农田,绕着村子跑了几大圈。父亲被逮住了，几棍子落在身上，号啕大哭起来，像被解了套的小牛在地上打滚。

一顿皮肉苦之后，自尊也被那无法补救的痛楚伤害了。他跟着爷爷下了山，去到一个陌生的地方学习和生活，山里留下奶奶和三个妹妹。

山外的世界和山里不一样。父亲见到了更多人，大人，小孩。见到了拖拉机之外的汽车，更加宽敞明亮的教室。但他不想跟爹爹一起生活，那时，他和爹爹住在一间土墙房子里，爹爹把他安插在自己任教的班级里，让他坐在教室的第一排。

在爹爹眼里，父亲是个调皮捣蛋的男孩，掏鸟窝，爬黄桷树，总是和班里其他男孩子打架，或者在课堂上搞"小动作"。这时候，爹爹手里的教棍会重重地落到父亲的身上，他从不纵容他的淘气。但他管束得越多，父亲越叛逆。没有小孩比他挨打挨得再多的了，任凭拳打脚踢，父亲并不屈服。

上个世纪七十年代，学校的黑板报上贴出大字报，批斗"老师是臭老九"，之后老师不敢教课，学生不愿学习。"文章不能锅里煮，百无一用是书生"，父亲不喜欢学堂，他小时候对世界的认知大约也是这样，他认为读书是件麻烦事，只有在父母和老师拿鞭子威胁时才心不甘情不愿地读一点儿。他的懈怠引发爹爹的怒气，这在他眼里是叛逆和反抗。

小学毕业后，经人推荐，父亲去了另一个镇上的重点中学学习。离家前晚，即将脱离地狱般生活令他激动得整晚难以入眠，以为自己再不用在爹爹的掌控下生活。但到了那所中学，爹爹每个星期都会准时出现在他的教室门口,目光在人群中锁定他,接他一起回山里的家中。

每次爹爹出现,父亲都像丢了魂似的。父子俩一前一后走在山涧林道里,父亲在前面低着头走,爹爹还是像个老师那样在后面出题考他。比如问:有两匹马,一匹马拉的盐巴,一匹马拉的棉花,中途下了一场雨,为什么拉盐巴的马车越来越快,拉棉花的马车跑得越来越慢?

"雨水把盐巴淋化了,越来越轻,棉花吸收了雨水,越来越重。"课堂上有老师讲过这个问题,他对答如流。即使父亲答对了,得到的回应也是冷冰冰的。两人继续沉默着往家的方向走着。

父亲很少从爹爹那得到夸奖,他懵懂的少年时代很少经历父子的温情时刻。就是这种矛盾,使得否定他权威的行为变成一场压抑的对抗,充满了悲伤,也带着轻蔑。他们父子之间像燧石一样随时能点起战火。这一切都加重了他心中无助的感觉,他努力压制着。也是在这个过程中,爹爹放弃了曾对儿子怀有的远大奢望。直到有一天,他在怒火中亲口说出,他将视作失去这个儿子。

初中二年级的暑假,父亲和村里的大人们一起干农活,在地坝打谷子,有大人递给他一支烟,他想也没想就点燃吸起来。这时,爹爹从灶屋走了出来,看见这一幕,顺手就捡起一根木棍,在他身上用力甩了几下,几条像红丝带一样的血印爬了出来。

"我记忆中大多是他打我时的样子。我不明白,他为什么要那样往死里打我。"沉默半响。

"你不跑吗?"

"跑啊,跑不过他。"

爹爹比他高,比他壮,比他有力。

"没人劝吗?"

"劝不住。"

那之后十几年里他没有叫过一声父亲,他没有听见过自己叫父亲的声音。父亲很少提起自己的童年时代,从不提起关于爹爹奶奶的事情。对他而言,过去是无底深渊,未来才像是一个藏身之地,能带来安全感。多年来,他和爹爹关系疏离。他只说,最终他没有完成爹爹的期望,也没有成为理想中的自己。

他对自己的童年没什么可说的,但他知道,即便活在这样的困局之中,他没有办法跟生活一刀两断。长达十几年的时间里,这对父子用沉默来对抗彼此,而我眼睁睁地看着这一切。我感受到他生活在那间黑魆魆的令人窒息的小屋中的苦恼。环境把他击败了,但他没有郁郁寡欢。

那时,父亲有了离家出走的念头,逃离苦役般的童年岁月。生在这空气里,长在这空气里,如今他想逃离这呛人的空气,但他不知道去哪里。

直到初中毕业之后的一天,父亲在村外放牛,听到公社高音大喇叭在扩散消息:"十八岁的青年响应党的号召,踊跃报名参军"。

机会来了,父亲心里的念头闪过,他从草地上一跃而起,把牛赶回家,然后跑到公社去报名,接着是体检,政审。忐忑不安地过完一个礼拜后,父亲收到了通知,让他去镇里的卫生院体检。

他悄无声息做完这一切。一个月后,父亲等到了公社领导送来的录伍通知书,直到这时,爹爹奶奶才知道他要去当兵的消息。

前一晚收拾行李时,他心中感到的并不是明天即将远行,而是仿佛多年前就已抱定永不回来的决心离开这个如囚牢的地方。一个受传统禁锢的封闭社会中,这个天性单纯、热爱自由的人辟出了一条蹊径。

1983年冬天,父亲刚满十八岁。他换上军装,挎着一个水壶,一双解放鞋,一条白毛巾,胸前别一朵大红花出发了。在结束了他父亲十八年的统治以后,他离开了这个家。

这是他第一次离开家乡,第一次坐绿皮火车。他从没出过远门。他只穿了一件蓝色涤卡棉布衣,用两根龙舌兰绳捆着一床被子,里面夹着一件棉大衣。到了军营,一切都用不上了。父亲什么都不想带。

第一天,旅途的新鲜感让他把一切杂念抛在脑后。但第二天,他开始感到烦闷,靠在座椅上打起盹来。

从镇上的码头出发,坐了三天船到达武汉。在武汉,他第一次见到了繁华的城市,换乘火车,一路北上,北方的平原接替了南方的山地。火车过了山海关,气温走低,他换上棉服和棉帽,沿途不眨眼地盯着窗外的景色看。

他把一件旧棉大衣裹在身上,努力抵御着发自骨髓的寒意。秋天的黄昏,当火车经过一座陌生的城市时,他到车厢尾部去小便,透过便池洞,他看见铁轨在他脚下飞过,发出火山爆发般的隆隆巨响。直到这时,他才意识到自己所处的新环境。

火车继续摇呀摇,咔嗒咔嗒地掠过白天与黑暗交替的大地,一直开到了遥远的哈尔滨。长达七八天的路程,父亲并不觉得难熬,他反倒觉得自由了。火车继续开到绥化市绥棱县的一个兵站,父亲在那里住了一晚上,再坐面包车到达一个部队农场,旁边是大兴安岭。

那里是和南方完全不同的环境,和家乡完全不一样的地方。紫色的黄昏,零星几点灯光,风吹落了最后几片叶子,树木看起来像光秃秃的化石。往更远了走,渺无人烟,地上的积雪有一米多深,起风的时候,雪花在空中乱舞,整个军营披上了一层亮晶晶的雪。冰天雪地里,衣服从水里提起来,直接变成了透明的尖尖的冰条。

在那里,父亲成为了一名新兵,并很快适应了这里寒冬的凛冽。一个团的士兵有一百多人,整理了两天的内务后,带兵的排长直接把父亲带到新兵训练营,住在一个四合院中的红砖平房里,开始在雪地里训练,走正步,下操,集训。

虽然那里天寒地冻,陌生而遥远,离他喜欢的南方差着十万八千里远。但他想过自己永远不会再回来,要一直待在部队,说不定还会娶一个自己心爱的姑娘,简单过上一辈子。但他的决心被现实打败了。

在部队的第三天晚上,父亲因想念那个一直让他想逃离的故乡,躲在炕上的棉被里偷偷抹眼泪。他和战友一起躺在炕上,一排排摆开,睡了一二十个人,黑夜里,耳边是其他战友低声呜咽哭泣的声音。

在新兵连的第四天,父亲往家里写了第一封信,信中写道:平安到达,勿念。一个月后,他收到了爹爹从家里发来的电报,上面只印着一行铅字:来信已经收到,家里都好,勿念。寥寥几句话,父亲盯着看了很久。

在新兵训练营待了一个月后,父亲被分到了机务连,在那里学开联合收割机和拖拉机。他把机器的各个零件部位拆了装,装了拆。拖拉机需要用绳子拉动起动机,再带动发动机,拖拉机的起动摇柄反弹时力量很大,有次绳子突然反弹,打折了他的一根手指,停了两天后又继续重复同样的操作。

学了半年后,父亲开始独立操作。第二年开春,作为一名拖拉机手,他的任务是用拖拉机捞雪,清理地上的积雪,接着播种,施肥,除草,收割完地里的小麦和黄豆,再运送到另一个兵营,补给部队物资需求。

在部队休息的时间里,父亲买来吉他、笛子和口琴,回到农场后有时间就自学。他在一本红色笔记本上写下自己创作的十几首歌曲,并在部队春节晚会上演奏。后来战友们都会跟着哼唱,那是他们少有的娱乐。

当兵一年后,父亲收到了爹爹从家里发来的电报,要给他介绍一个女朋友。在这之前,邻村有几个姑娘经人介绍给他,但见面后没有一个人能唤起他对家的憧憬,索性不来往了。在这之前,邻村也有其他几个女孩经人介绍给父亲,但没有一个入他眼的,不是胖了就是矮了,而这个曾经的同窗女孩算是清秀的。

这个女孩是爹爹的学生,也是父亲的小学同学。这个女孩并没有给他留下太多印象,唯一记得的是她穿着一件白底红花的衬衣,坐在教室的后排座位上,安安静静的。

没多久,父亲收到了这个女孩的来信,随信附上了一张黑白照片，照片上的人眉眼清秀，白底绿线的纸上写着：我还记得你。而父亲对女孩仅有的印象是，她似乎总穿一件白底红花衬衫的衣服，随后他给女孩回了信。

女孩记得男孩调皮，坐在教室的第一排，老师是他的父亲，在他上课不听讲时，教棍猛地落在他身上，他暂时规矩了。现在长大了，男孩瘦瘦高高的，眉清目秀，算是一表人才。

自从那天起，他每个星期在执行完任务后都会给女孩写信，一来一往，父亲和女孩书信往来一年时间，每次盖上部队邮戳的信件寄出后，他都在焦急等待对方的回信。有几次，书信的内容过长，用去七八页纸，超过了部队免费邮寄的重量。有次最长的一封信写了十五页纸。两年后，信件已经累积到一百多封。

父亲每周都给她写一封信，大体上就是写一天中的各种杂事。这些炙热的情书洋溢着他最温柔的一面和对爱情的含蓄渴望。信末他总会写上一句：照顾好自己。他的字体独特，每一笔似乎都很用力，在每个笔画转折的地方都有短暂的停顿，最后一捺像条厚重的尾巴飘出去很远。

女孩后来成了我母亲。母亲面对如此赤诚地袒露心声的男人的信件，她一封封看完后存放在木箱子里，但后来出于羞涩，她把所有信件烧毁了。父亲知道后抱怨了一辈子。母亲说信里的字她都记在心里了。她把信一封封扔灶里烧掉了，边烧边看着灰烬在火苗上明明灭灭地飞舞，变成了缕缕青烟。她从来没有意识到父亲希望她留着这些信。

1986年1月，当兵第三年，春节期间，父亲回家探亲。他从部队回来的第二天,在爹爹的催促下,他穿着一身军装,提着白酒和面条去香水村见母亲。

母亲生活的村子叫香水村,虽然叫香水村,但那个村子和香水没有任何一缕联系,相反,那里的空气中常年有鸡鸭牛羊粪便混杂的味道。

父亲远远地望见母亲站在家门口,那是两人第一次正式见面,双方都很矜持。在最初的几分钟里,他感觉空气凝固了。父亲在前面走,女孩低着头,跟在他身后,始终隔着一米多远的距离。但是,见到母亲的那一刻,父亲还是有些后悔了。眼前后背上背着一个孩子(这孩子是我二舅的女儿)的微胖女孩和自己年少时记忆里的样子相去甚远,虽然还是那件花布衬衣,但和信纸上那番温婉可人的形象一时间很难联系起来。

他想离开,想反悔,但是被爹爹拦了下来,"他像急于寻求一个买家,好把贬值的货物出售掉"。父亲没有反抗,接受了这桩父命难违的婚事。在他所处的那个时代,物质远比爱情重要。至少,从未有爱情在他身上发生。村里的所有年轻人都是媒妁之言的宿命,逃过这一桩,还有下一桩。

没几天,摆上酒席,宴请亲朋,父亲在村里仓促地举办了婚礼,完了婚。

结婚七天后,父亲返回了部队,母亲一个人在家里,跟着爹爹奶奶生活。他们仍然书信往来。母亲担心他在军营中上战场受伤,他写信告诉母亲,他只是一名拖拉机驾驶员,每天负责运送物资,离枪林弹雨十万八千里远呢。

那年5月,父亲正在部队农场的地里挖地播种,突然场部传来紧急号角声,黑龙江省大兴安岭地区的西林吉、图强、阿木尔和塔河四个林业局所属的几处林场同时起火。接收到指令后,他立马回到场部,跳上解放车,开往大兴安岭森林火灾现场,父亲和战友在烟熏火烤的火场里奋战了七天七夜,任务完成后,顶着熏黑的脸返回农场。

一年之后,父亲结束了服役。他结束兵役的一个迫在眉睫的原因是母亲和爹爹奶奶的关系持续僵化,他回村是为了分家。多年后回忆起,父亲说,如果不是有这份牵绊,他会一直留在部队,或许又是另一番天地了。

在贫穷的童年和有限的教育之后,父亲依旧被困在属于他父辈的土地上。"事实上,我希望成为一名飞行员。"他多次对我说过,那天他也说了。"但一切都来不及了。"与其说他是隐含地把自己的梦想寄望于我身上,不如说是他对自己的安慰,他在提醒自己曾是一个有梦想的人,虽是遥不可及的。

回到了家乡,父亲成为小县城里交警队的一名协警。婚后的生活是平静的,他和母亲过上了朝夕相对、红苕叶配米糠的日子。协警的工作并不顺利,干了一年多后,父亲辞了工。一个男人,事业上不得意,家里的口舌更是免不了的。加上父母和爹爹奶奶分了家,结婚的前四年,没能分到毫厘土地,他们的生活苦涩艰难,靠着从外婆家背来的几升米度日。"如果知道我要继续过这样的日子,年轻时我就会更努力了。"我只是把他这话当作是为鞭策我而讲的,并不是他对自己人生隐晦的思考。不过这些零星的话语让我认识到一种新的社会地位,一个人受尊敬的原因不在于拥有多少财产、收入多高,而在知识有多深刻，信仰有多坚实。

那些日子里，父亲常回忆他在部队服役的时光，他从部队带回来的一只布鲁斯口琴和笛子搁在他的床头，兴致来时，他便掏出来吹上一曲。他喜欢音乐，他在部队里展现过自己音乐上的水平，谱写曲子，娱乐活动中的演奏，唱起他当时写的歌曲《再见》："我的战友，再见，相见不知哪一天，希望留者安心，走者愉快。高山常青，流水常在。"他常常说，如果当时留在部队，不知道现在会是什么样子，似乎他在军营里才真正度过和拥有了一次青春。伴随那些回忆的，还有父亲平凡的生活。我无法想象，那是当年的他为自己写的一曲挽歌。

无数个夜晚，父亲端坐在床沿上吹奏，开始是一种沉重的节奏，仿佛一种礼堂中飘来的声音。随后，渐渐高起来，活泼响亮的音调多了，便忽然缓和下来。有些悠长的音符，好像他把自己悬在空中，有些音符落下来，急促的，穿过楼门，打破广大的沉静，升向寂寥的夜空。我半躺在藤椅上聆听，沉酣于他的琴声和笛声之中。琴声清脆，笛声厚重，像一阵一阵的呢喃，又像一种骄傲而被挫败了的哀怨。我有时从床头翻笛子出来玩，但不懂指法，不会用气，怎么也吹不响，只好把嘴对着笛孔，自己呜呜作声，不觉得好玩又扔下了。我不知道父亲是怎么学会的。后来口琴银色的盖板裂开了，父亲用毛线缠上继续吹奏。这些乐器只是他枯燥生活中偶然的调剂品，它们不会占据生活的主流，年复一年静静地躺在凉席底下的枯草堆里，多数时候是被遗忘的。

"生活中，没有过不去的坎儿。"父亲像以经历过世间所有苦难的口吻说，眼光浮散。当然，他的生活也没有坏到垂死挣扎的地步。

只是他还做着几乎和在部队时一样的工作,不过从拖拉机换成了汽车。他的战友退伍后有人得到了政府部门的正式工作,即便是在现在这个年代,也会令很多人羡慕。他当然会失落。

他的另外的战友中有一些是乘风破浪,做了一番事业的;有的退伍后就成为泯然众人,为衣食奔走了一生;有的,死掉了。死掉的那个战友是和他关系最好的,住在离我们村子几里地的另一个村里,退伍后一直在广州打工。父亲这个姓谭的战友退伍八年后得了白血病,花光了家里十几万的积蓄,没救活。他活着的时候常来我家,他女儿与我同岁,和我是小学里的同学。

他病死后,我第一次见父亲沉默了好几天,悲痛了好几天。

"他还多年轻,多年轻。"他幽幽地说。

"他生病时你见过他吗?"

"见过,完全变了一个人,剃了光头,脸煞白的,哎。"

后来,战友的妻子带着女儿改嫁到一个遥远的乡村,从此失去了联系。

从时光隧道里出来,片刻后,父亲说,他是一个经历过世道艰难,然而生命中并不缺少一些小小快乐的人。说完这些,已是半夜。窗外,县城高楼的灯光洒进来,映在沙发上和父亲的身上,隐隐约约中,我能看到他面容平静,若有所思。

虽然因为工伤在家休假,但他感觉自己很快就会失去这份每月工资一千二百元的工作。"这点钱根本不够用。"他盘算了自己的花销,甚至无法应付日常的社交支出、人情往来。从2013年开始,母亲辞工在家里照顾外婆,她的五个兄弟姐妹每个月支付给她二千五百元,省钱是她一贯的作风,经历过在温饱线上挣扎的人对不稳定的收入开支很脆弱,她想要确保自己兜里有钱。

父亲想再找一份驾驶员的工作,虽然更辛苦,但收入也更高。他这个年龄要再觅一份驾驶员的工作并不容易,很多雇人单位都把年龄压在五十岁以下。父亲时常哀叹,没有文化,没有份正儿八经的工作,只有一辈子的动荡不安。

在这个似乎一切都已经尘埃落定的年纪,承认自己的失败仍然是一件难为情的事。或者说,生活一眼就望到尽头,在机械地度过每一天、每一分和每一秒时,结局早就定在那里了。他已经五十二岁了,还没有做出什么东西,他的叛逆和决心,并没有让他在这个时代扬眉吐气,直奔光明前途,他强烈的骄傲拦住他的任何灰心,但他不会再像年轻时那样烦躁,说一些自弃似的话。"那个时候年轻,总觉得自己被生活困住了。"他最后这样总结。

这样充满回忆和怀旧的长时间交谈是第一次。当他把自己的人生快速梳理一遍后,发现似乎什么都没有留下,便陷入无尽的失落中。他脸上露出一种短暂的悲伤的笑,皮肤暗沉得连那些细长的伤疤都快看不见了。不过凑近了看,他眼角的疤痕像是被钉子扎了些小孔,看起来有点可怕。因为和皱纹挤在一起,这只眼睛显得越发小了些。那是我第一次细看他这个年龄的样子,他的皮肤久经风吹日晒,粗糙得已经想象不出原本的颜色,他的眼睛像黄土地上戳出来的两个窟窿,两颗眼珠是偏褐色的。

听完这些,我并不能说已经完全了解他或知道他是一个什么样的人。但以我当时的年龄,在很多事情上可以比小时候更加理解他。

父亲当兵后,家里剩下他的三个妹妹,贫寒的日子继续淹没这个家庭。她们全部迁移到了山谷河边的小村子里生活,关于这个去当兵的哥哥,她们很快就把他忘记了,整日浸泡在家务和农活里,只记得他被他们的父亲打骂的场景。我的三个姑姑在回忆时说,爹爹对每个孩子都一样,打骂是家常便饭,她们习以为常。小姑是几个孩子里成绩最好的,但爹爹拿不出多余的学费,停掉了她的学业,家里多了一个劳动力。

红苕长出来的时候,锅底下就蒸一大锅红苕,上面放一个铝盆,蒸一点米饭。出锅后,几兄妹一人分一小碗,碗中三个红苕缝里和红苕皮上沾着一块块米粒。食物紧张,家里奉行的是平均主义。"记得有一次我多吃了一点饭,我妈揪我嘴了。"往昔的记忆在小姑那里如高清影像般清晰。父母都忙着干活,家里孩子又多,谁饿了,谁冷了,他们顾不过来。"真的,那时候人穷,要吃没吃,要穿没穿,更别说钱了,贫穷真的会影响人的心情,导致态度和脾气什么的都粗暴,更别说什么素质。"

夏天夜里九点,那里的天刚刚黑,院子里的人都站在桥上纳凉。小姑跟二姑在桥下淘菜,洗衣服,提着洗好的衣服和菜回到桥上,村民都会夸她俩勤快、吃苦。但她们的命运一眼就能望到头。小姑比二姑小四岁,从小跟二姑一起长大,穿二姑穿过的衣服裤子,和二姑睡一张床,二姑走到哪里都带着她。

"那个时候吃不饱穿不暖,每天最苦的就是我们。冬天的时候只穿一条裤子,脚都裸着的,没鞋穿,脚后跟爬满冻疮,手上就更不用说了。放学回家在供销合作社那条公路上,风一吹,那条裤子下面还是开叉的,就差没飞到大腿上。"

这对穷人来说非常严酷。在她那个年纪,她已经明白没有什么比活着更困难。"那个时候本来就是自生自灭,反正孩子多,总有活下来的嘛。"大姑回忆起一件事,她说她一辈子都不会忘。那会儿小姑七岁左右,全身上下长满红点麻疹,有气无力地瘫倒在竹椅上,呼吸微弱。连续七天,爹爹奶奶每天照常上坡下地干农活,并没有带小姑去医院,因为没有钱,也没有采取任何救治措施。大姑每天凑到小姑的鼻孔边,用手指试探她还有没有呼吸。一个星期后,小姑奇迹般地活过来了。但也没有人为此兴奋,那就像一件平淡的事情,他们信奉,一个人生病了,生死由命。大姑说小姑算是捡回一条命。

再大一点时,大姑二十岁时在爹爹的安排下,嫁给了街上的一个厨师。大姑夫妇在街上开了一家饭店,大姑父手艺上乘,大姑精明,善与人周旋,故生意红火。

大姑是一个生意人,锱铢必较,一丝不苟地打点着一切。除去一些她主动宴请宾客的特殊节日,任何人踏进她家的门,就是消费的客人的身份,兄妹也不例外。父亲赶活儿时在她家吃一碗面条,钱是照例给的。他常为此觉得兄妹间情分淡泊。我也有一种强烈的感觉,似乎只有当他们跨过那座桥,每年春节到爹爹家聚在一起吃团圆饭时,我们才变成了亲人,而日常里他们是桥那边街上开饭店的老板。

我每天上学都会从大姑家门口经过,但每次都不知所措,害怕被他们看到,有一种不知如何面对他们的尴尬笼罩在我心头。那时我永远没有办法大摇大摆从她家门前经过,相反,我是忸怩的,恐慌的,擦着过道边走。在一些更尴尬的状态下,比如父亲和爹爹的关系更僵化时,我会选择一条少有人走的崎岖小路,穿出好几条吐送湿冷气息的阴沉小巷,绕开大姑家。

我希望自己是一个隐形人,从她家门前经过时不会被发现。但大姑父每次都在门口的清洗槽里洗碗或是洗菜,两只眼睛东张西望的,他能轻而易举看到每一个从那里经过的人。他看见我了,露出一种礼貌而有距离的微笑。那个微笑让我摸不着头脑,是熟人间的微笑。这种模棱两可的疏离感让我在内心无法真正和他们亲近起来,就像是要靠近一条永远在后退的地平线一样困难。

父母刚进城时,我有段时间被托付在大姑家,父母每月支付给她五十元的午间生活费。那三个月里,我很少和他们说话,一个人有种孤苦无依的感觉。大姑尖厉的声音让我仿佛耳朵边挂着一口高音喇叭,听起来有些刻薄,我很害怕和她讲话。我会刻意避开和她的目光交汇,但我会主动给他们洗碗,扫地,摆好桌凳,把自己当成她饭店里的服务员,等下一批客人进来时,我又悄悄溜走了。

很多年后,我才能确认当时那种模糊的感受:亲情是不能仅仅靠血缘连接的,你内心认同一个人的感受需要足够漫长的时间,亲人更是如此。我们不可能平等地拥抱每一个人,因为你对他们的情感厚度都不一样。不是因为我叫她大姑,我们的情感深度就如这称谓般真实可靠。我夹在亲人和陌生人的选择之间,无所适从。

我们进城后,大姑和大姑父会在到县城进货时来我家。母亲烧上几个菜,捧上一瓶酒,他们和父亲喝一口酒,吃一口菜,聊着村里的事,聊他们的生意。我们搬走后,街上又陆续开了几家饭馆,大姑家的客人少了,大姑父又揽了些红白喜事的宴席,一个人要操持三四十桌的酒席,他是奔着一次一万元的收入去的。几年过去,他的头发日渐稀薄,少了些年轻时意气风发的决心。

酒瓶空了,聊完天,他们再歇上半天,大姑父又鼓着圆滚滚的肚子,嘴上叼着一根烟,骑着摩托车回街上了。他常常说,"你们在城头,我们至少有个去处"。

大姑出嫁后,爹爹让二姑和小姑离开了学堂,处在这个封闭社会的偏见之内,她们并不能成为完全自由的成年人。她们不得不在十五六岁时外出打工,再把冒险挣来的钱往家里寄。对于一个从未离开过家的人来说,这是段凶险未卜的旅程。

在我第一次去爹爹家里时,看到墙上挂着一个喷着红色油漆木质边框的相框,里面只有三个姑姑和小叔的照片。其中最小的姑姑我从来没见过,我对她的记忆就像墙上的空白一无所有,但我后来知道了她的故事。

小姑十六岁第一次出门到福建打工,就被骗子带走,囚禁在一个完全陌生的遥远的村庄,她试着往家里偷偷寄出无数封不知道能否抵达的信件。

杳无音信两年后,家人都以为她已经死在外面了。直到四年后,她写的一封信才寄到了爹爹奶奶家。爹爹报了警,我们当地的警察顺着信上的地址,在福建一个荒凉偏僻的小山村里找到了她。

我记得她从福建回来的那天,背着一个双肩包,记不清她穿了什么。我七岁,正站在灶屋门口刷牙,她在远处一直盯着我看,我也盯着她看。她缓慢地朝我走过来,问了我的名字后,俯下身抱着我,哭个不停,她的眼泪粘在我头发上,黏湿黏湿的。这幅我记忆里最早有她的画面会在每一次见到她时自动弹跳出我脑海。从来没有人问过小姑那些日子里发生了什么,或许是因为她已经在求救的信件中写下过自己的遭遇,唯一想做的就是忘记。"我的某些经历是痛苦的,我选择间接性失忆。"有一次我无意中隐晦地提到这件事,她这样回答。

她回来了,几乎没有喘息,又像小时候一样在家里做饭,洗衣,扫地,就像一切没有发生过一样。虽然有了那次可怕的经历,但她在家里停留数月后,再次出门打工了。

在我们那里,有的人出了门,注定是一条漫长且没有归期的路。小姑的打工之路从上个世纪九十年代一直持续至今,她相继去过福建、广州、深圳、成都、新疆,从一家工厂流转到另一家,在这些地方她只有一个身份——女工。我只在每个春节见她一面。每年回来,她很少和村里的那些同样从外面打工回来的年轻女孩来往。小姑穿戴很时髦,还烫了卷发,这在保守的村庄是一种异类。她有一箱子漂亮衣服在阁楼里,她让我挑选,但那些新潮时髦的款式对我来说太过成熟。我选了一件最喜欢的粉红色的吊带,放在衣柜里,永远没穿过,我们进城后,衣服留在了家乡那栋土墙房子里。

有一年,小姑去了成都打工。那时她没有成家,每个月的工资一千元都寄回家给爹爹,本想等这笔钱存到一万时,她就可以回县城开一家服装店或鞋店,但一年后这笔钱被爹爹花在公路边修建的房子里了。这是一栋两层红砖房,和街上的那些楼房一样,门口有一块四四方方的水泥铺的地坝。这栋房子是爹爹留给他最小的儿子的,上个世纪八十年代,因为这个超生的儿子,他丢掉了民办教师的饭碗。

对于那些外出打工久久没有归来的女孩,尤其是当她们带着一笔财富突然回来时,村子里有漫天的谣言,有的说她们在外面做发廊妹按摩女,有的说她们是被包养的小三,有的说她们在夜总会当小姐。那些爱捕风捉影的村民混淆了表象和真实,比起他们所看到的,他们更愿意相信他们从别人那里听到的。不过,人们的好奇像晨间的雾一样很快会褪去。

可小姑毫不在乎,她用一个简单的办法平息了所有流言:她把丈夫和女儿带到了村子里。在成都的一家纺织工厂打工时,她嫁给了一个来历不明的外来者,这次婚姻并没有在我们村里举办婚礼。此人是一个厨师,四处漂泊,居无定所。他有一头自然卷,高挺的鼻子,举止粗俗,夸夸其谈但有时也会显出几分诚意。他善于讨女性欢心,小姑醉心于他。

婚后第二年小姑回村时,那时她已经是一位母亲。一切对我来说都是突然发生的,这让我对她产生了一种忽远忽近的神秘感,这种无法从心灵上企及的距离注定她像一个摇曳不定的影像。关于她的事,我知道的只是沧海一粟。她的话还是很少,我也没法开口问她,似乎一问,就绕不开悲伤的主题。四个兄弟姐妹里,小姑和父亲长得最像,薄薄的嘴唇,眉眼之间飘荡着笑意和温柔。不过她有一种孤独无依、消沉萎靡的气质,预示了她捉摸不定的未来。

第六章
遗留的梦

父母婚后三年有了我。那个时代的女性生育子女普遍遭逢苦难,母亲也不例外。

刚怀孕时,外婆告诉过她,这事儿一旦声张,村里人知道了,生孩子的时间会慢很多。所以怀了孕,她没吱声,照常下地里干活儿,套件宽大的衣服,不显怀。

发作那天,她硬撑着,想自己生。她躺在床上疼痛难忍,感到死亡正从脚底往上蔓延,体内的痛苦犹如一只拳头,正硬生生地揉着她的腹腔。她嘴唇紧闭,不敢发出声音。第二天,父亲一大清早跑到二十几公里外的白沙村,找我那当村医的大姨父来接生。他去白沙村只能走路,沿着山脚下小河边一条蜿蜒曲折的小路一直走,翻过两个山头,往返最快也要半天时间。

母亲将手伸到背后撑住自己,起身费劲地瘫坐在藤椅上,已经有两个夜晚没怎么合眼,两条腿完全使不上劲儿。强烈的痛楚一阵阵划过她的腹背,仿佛鞭子猛力抽打着。为了驱走这种痛苦,她努力想象自己飘在云上发呆,在接下来的几个小时里一直沉浸在这种想象里,任凭汗水浸湿衣服。

母亲挺过来了,疼痛没有消磨她的意志。生我的那一刻,父亲还没回来,只有奶奶在她身边。奶奶充当了临时的接生婆,她那时虽然已经生了五个孩子,但面对我母亲的痛苦呻吟还是六神无主。我脱离母体的那一瞬间,奶奶没接住我,我滑落到地上。她从楼板上抱起我,只说了句是个女孩儿,没有半点高兴的情绪,放下后离开了。

挣扎了一天,当大姨父赶到时,母亲已经把我抱在怀里了。我生下来时体重不足四斤,直到现在家人都在说我能够顺利存活长大,仿佛是神仙庇佑的奇迹。我出生后的五天里,父亲走到哪里都拿揣着一本新华字典,翻看里面的字,最后一天晚上他用铅笔在笔记本的某一页边缘写下我的名字。

家乡里有句"男孩终究是男孩"的俗语,但是对女孩没有类似的话。生女孩被视为一种耻辱。村里有人生了女儿,很久才会告诉其他人,不过,我的父母完全没有理会村里人的偏见。从那以后,奶奶和爹爹从未看过我一眼,抱过我一次。这些不满的情绪一直在母亲身体里生长,她归结为因为自己生了一个女孩,才被公婆如此对待。长久以来,她的这种思想潜移默化地植入到我大脑中。她是那种就算没有病历本,也不会忘记自己一辈子吃过多少苦的人。

母亲把她的苦难归结于刚嫁人时,爹爹奶奶对她和父亲的不管不顾、不闻不问。物资匮乏的年代,能让人计较的就只有活命的粮食。米缸里时常空荡荡的,吃了上顿没下顿,饿着肚子的两个人像失去理智那样争吵,他们从来没有想过贫穷到底意味着什么。母亲在尝尽了贫穷的滋味后,把怨恨深深埋在心里。她把那看作是一个人对另一个人的伤害,而不是贫穷对每一个人的伤害。她这一生都被生活琐事紧紧缠住。时间无论过去多久,她始终停留在那遥远的过去。一个算命的说,母亲三十六岁会跳出农门槛,摆脱沉重的农活,这点倒是准确无误。在这一年,她和父亲进城了。虽然日子没有变得更好,但她把那视作一种幸运。

我们家的白墙房子和爹爹奶奶家的灰砖房子连在一起,但我从来没有去过他们家里。我们被圈在同一块土地上,每天抬头不见低头见,但从不彼此问候,像陌生人一样独自住在这儿。

对于小时候的我来说,爹爹遥远而神秘。他身材挺拔,走路健步如飞,头戴一顶印着颗五角星的绿色军帽。我好像没有一个地方像他,我对他所有的记忆,就是他整天叼着一根烟杆,粗声粗气地冲奶奶发脾气。没有人能懂他的想法,他脾气粗暴,总是无法温柔地对待自己的妻子,我从他的眼睛里看不到任何友善的光芒。

我从来没有听过更多关于爹爹的故事,只知道他在二十世纪六十年代毕业于一所师范学院。1959 年,他和自己的一个哥哥在县城里一起读了三年简易师范,这是一所向乡镇地区输送师资的学校。但两年半后,遇上自然灾害,学校停办了。那年头,读师范是被人看不起的。师范生不用缴学费,国家承担了一切费用,每月还有少许伙食津贴,因此吸引了大批学生。千人参加考试,爹爹考取第二名,他们被人称为"师范花子"。但这对他是一条可行的路。

离开学校后,爹爹取得一个教书的资格,他有了职业,成为村里的一名民办教师,待遇是由村民凑齐口粮,一年四百斤左右的谷子。

有了虽不丰厚但却稳定的收入,可以免于冻饿,但并不足以支撑起全家七口人的生活。他看起来是个冷面寡情的人。对于平常的学生,他亦以平常的精力对待。但对于父亲,他眼里不容他资质顽劣,不守校规,他常常痛加训斥,甚至当着所有学生的面常用教棍直敲他脑袋。父亲不上学时,他气得太阳穴的青筋都绷了起来,拍桌大骂他是不争气的东西。他是个教书匠,教学生们算数推理,也教古文诗赋,音乐美术。

斗转星移,自那以后已经过去了一二十年。他既不后悔这些岁月,也不为它们而感到自豪。他大概不太会教书,经他教过的学生,走出去的很少,念他这份师生情的也不多,记住他火爆脾气的不少。教书二十载,我们从未见有学生拜访过他。由于他的坏脾气,一种无声的恶意围住了他。村里人不愿意和他说话,不愿意给他借东西,甚至一张桌子或是一根筷子。

爹爹任教二十六年后,因为他在连续生了三个女儿后,超生了最小的儿子,我的小叔,他的第一个梦崩溃了,他要再造一个。他还是沿着老式的教育方法,走同样的路,逼他的第二个儿子学到底,但他得到了和之前一模一样的回馈,小叔初中毕业后毅然决然地辍学跑去打工了。而爹爹早就被学校解雇,他失去了一份让很多人渴望和艳羡的工作,彻底变成一个农民,这使他的脾气更加糟糕。

爹爹家有一台黑白电视机,父亲买回彩色电视机前,我常趴在他家外墙的窗户边偷偷往里看,屋里没开灯,只有电视剧闪烁的黑白光影。屋外月亮高悬,从半掩的门望进去,可以在昏暗的房间里影影绰绰地看见他,干巴巴的脸上没有一丝表情。他兀自一个人坐在竹藤椅子上，嘴上叼着吸旱烟用的烟杆，一根细长的竹管两端连着铜制的烟嘴和烟斗，很像清代的烟锅烟杆。身上散发着浓烈的旱烟味，顽固得就像他性格的一部分。他的搪瓷杯里永远泡着一杯浓苦的茶，杯壁积满茶垢，我偷喝过他杯子里的茶水，像药一样苦涩。

在很多事情上，爹爹总是显得冷酷无情。在我眼睛里，他是一个严肃而古怪的老人，总会因为很小的事情发脾气。有一次，我摘了他柑子树上的两个柑子，被他发现了。他站在我面前，凶恶地瞪着我，那尖厉的目光就像一把锥子，狠狠凿进我柔弱的身子。接着他训斥我，说那柑子树他已经打了农药，吃了上面的果子会生病。我害怕了一晚上，心扑通扑通跳着，以为自己很快就要死去。

但第二天醒来，我发现自己好好的，才意识到他可能骗我。我当时想，难道天下的爹爹都一样吗？还是只是因为我是个女孩。长久下来，我和他之间隔了一堵心墙。我们生活在一个时空里，却没有任何交集。我心里又很清楚，他们是我的亲人。这种尴尬的处境让我每次见到他们都想逃离。

小姑"复活"后回来的第一个春节，爹爹的五个孩子重新聚在他家过年。我第一次踏进他家门槛，黑暗阴凉的屋子里摆放着一条发黄的长竹椅，两张灰黑色的桌子配四条长木凳，一张桌子上堆着打火机、卷烟、茶杯、开水瓶等杂物，房间里弥漫着一股叶子卷烟的味道，和我无数次闻到过的爹爹身上的味道一样。

那年除夕夜，我第一次吃到奶奶做的饭。一个月前，爹爹算好了吉日，请杀猪匠杀了一头两百多斤的年猪。杀猪那天，他们在竹林下挖了一个土坑，上面架着一口大铁锅，等水煮沸后，五六个人带着铁钩、绳索进了猪圈,绳子绑在猪身上,用铁钩钩着猪嘴往前拉。到了锅前,几个人把年猪横放在杀猪凳上。杀猪匠用一把半米长的杀猪刀从猪喉咙刺进去。杀猪有讲究,为保证接到的猪血干净,杀猪前要用凉水抹一下"杀口"处。下刀时,要找准"杀口",一刀下去,猪完全断了气,也少了痛苦。如果一刀没杀死或者猪挣脱了会被视为不吉利。

村里一群孩子兴致勃勃围在那里捡"猪八戒",我们不会去想猪痛不痛,我们只想要它脑袋里的那个"猪八戒"。那玩意儿是猪脑里像一颗牙齿的东西,老人说用红绳拴好"猪八戒"挂在脖子上能辟邪。比起猪肉,这颗"猪八戒"更让我着迷。沸水里,猪毛用刨子全推了,光溜溜的,猪被倒挂在一棵大树上,划边破肚,把猪肚内的脏器挖出来装进大铝盆中。第一顿年猪饭后,猪的使命完成了。

爹爹家的灶台上方挂着一条条熏黑的滴着油的猪肉,散发出一阵柴火和肉交融的浓浓香气。我们围坐桌子前,奶奶把一大碗猪腿炖海带汤端到饭桌上,冒着热气,表面泛着层透明的油。还有我最喜欢吃的虾片,虾片吃起来脆脆的,有白色的,黄色的,红色的,绿色的,装进盘子后五颜六色地聚在一起。这些虾片是红薯淀粉制成的,像半透明的玻璃,冷油就下锅,放下几块,小火炸,油热了能看到虾片像花绽放一样炸开了,就可以捞起来了。接着再往锅里放一些虾片,虾片必须一点一点地小火炸,不然要糊。

那顿饭吃到一半时,爹爹突然和几个孩子吵了起来,或许是因为他作为一家之主的权威受到挑战,也或许是他的孩子们都背离了他想法而产生的孤独,他生气地猛拍桌子,将他心中的怒气吼了出来。

残剩的饭菜散乱地躺在桌子上,一种厨房、油脂和烟草的气味充满突然安静下来的房间。

还有一年春节,饭后父亲、小叔和大姑父打起了牌,爹爹在一旁看,几局下来,小叔输了些钱。爹爹变了脸色,趁人不备时,他把电灯拉熄,阻止他们继续打牌。父亲又和他吵了一架,一赌气,走出了他家。父亲认为在爹爹心里,小叔向来比他重,他是那个不得宠的孩子,虽然自己还在这个家里吃饭睡觉,但他像一个被剥夺了身份的人。旧日的创伤让他痛苦,长远的不公道让他愤懑。而对我来说,小叔又是另一个遥远涣散的影像了。往往是大人的关系剑拔弩张,孩子之间的关系也跟着寡淡无味。他十五岁后一直在温州的鞋厂打工,也只是在春节回来几天,我每次见他,他头发更少、更瘦、更老。

那晚的争吵终结了我对除夕相聚的期待,往后的每一年我们都像例行公事那样聚一两天。虽然他们坐在一张桌子上吃饭,但嘴里说的都是别人家的事情,他们很少聊自己的事情。我不知道他们是怎么长大的,但在我眼里,他们之间没有爱。长期的令人窒息的家庭关系让我心生恐惧。

等我越来越大以后,这种家族关系逐渐缓解,但依然有层没被捅破的窗户纸。我们在每个春节回村里爹爹家里,和从外地打工回来的小姑和小叔一起过年。有时借着酒精带来的力量,父亲无法抑制地吐露出爹爹奶奶过去对我的偏见和忽略,即便是在昏黄的灯光下,我也能看清爹爹脸上微小的抽搐,他说那都是过去的事情了。"那个年代,我做的是我认为该做的事。"他把话说得那样诚恳,大家一时都静了下来,惊讶于这种坦白。他似乎在说,家里的事并不听从他的安排,而是听从一种无形力量的引导,他只是自己行为袖手旁观的看客。我心里在想,不知道他这句话能不能弥补父亲的遗憾,父子间的对话就这样终结了,他们谁也无法说服谁。

当爹爹的几个孩子长大,完全脱离了他的掌控,这种力量继续左右着他们生活的进程,而他们只不过是无足轻重的俘虏和驯服的对象而已,从来都不是他主宰生活。正如我总是太急于抹去自己出身的痕迹,反而加重了在心底深处的印记。有些事情永远没办法平衡。在很长一段时间里,爹爹的另外几个孩子对我来说跟陌生人差不多,我们之间的联系太少。但多年以后,会有另外一种神秘力量,在你顺从它的指引后,让你看到了生活的另一种可能。

那年我读大三,正在自习室埋头复习备考研究生。盛夏的中午,我接到母亲打来的电话,她告诉我二姑离婚的消息。离婚的原因是二姑父找了一个富有的中年女人,离婚前已经背着二姑同居了。二姑很绝望。

我无法相信这突如其来的消息。在我的印象中,二姑父和二姑结婚的十几年里,不吵不闹。偶尔二姑发脾气,他也只是静静地听着,试图和她讲道理。作为中学语文老师的姑父,一直保持着迷人的风度。这种风度是我在爹爹家的春节年夜饭上见过的,他会在适当的时机温和礼貌地阻止每一次发生在饭桌上的争吵。他像一个审慎的旁观者,冷静地看着眼前发生的一切,理性地分析问题的本质。在饭桌上,他和我父亲聊一些我们都听不懂的事情。我在学校时常能碰见他,他身上自带威严,让我产生一丝恐惧感而避开他,好像我害怕他总是问我最近学习怎么样之类的问题。但二姑发给我的短信确认了母亲说的。她说,差不多一年前,他们的婚姻就出了问题。

当十九岁的二姑决定和二姑父在一起的时候,全家人都强烈反对。他们说尽了各种好话来打动她,试图让她明白她这个年龄的爱情不过是海市蜃楼。但她不为所动,所有人被她打败了。

二姑秋华正盛,长着一张当时流行的圆白小脸,一颗美人痣恰到好处地点在眉心,浅笑嫣然,引来不少追求者,村子里的人都说二姑将来肯定命好。而二姑父是离过一次婚的中年男人,街上也有一些关于他不可靠的传言。

面对家人的集体反对,二姑以离家出走来抗议,打定主意要嫁给这个在她看来颇有味道的成熟男人。两人结婚后,他们住在街上那所学校提供的教师宿舍里。二姑在这所学校的食堂卖菜,每天早上四五点起床,为学生准备一日三餐,日子过得平平淡淡。她的想法简单,认为靠着丈夫稳定的收入和自己的努力,很快就能购置一套属于自己的新房。但很快,她的希望就破灭了。

两人结合时,二姑父就背着一万元的外债。后来,外债像滚雪球般越积越多,讨债的人甚至追到了家里。他习惯向人借些钱用,不由自主,就续下去,延长了。二姑原是爱美的女人,为了替夫还债,她衣服和化妆品都不买了。直到几年后孩子出生时,他们还是挤在一室一厅的宿舍里。

说不清是哪一天,初中毕业的二姑像变了一个人,她开始买书自学银行金融知识。那会儿街上的邮局缺人,二姑自告奋勇去竞聘,几轮下来出人意料地被选中。她又参加了县城里唯一一所专科院校的成人自考,拿到了她最想要的文凭,工作也调到了县城里的邮局。收人逐渐增加了,可男人在外挥霍,二姑努力存钱替他还上,过不了多久,新的外债像暗影又追上来,把人逼到墙角,喘不过气来。她已经适应了那种不痛不痒的生活,没有一丝甜蜜滋味,除了打不破的结结实实的孤独和无奈,而且这种生活还会一直贴着她的脚后跟。

生活以一种可笑的姿态在恶性循环中一晃十几年过去,他们的生活如阴沟里的一潭死水,无波澜,无光亮。二姑挣钱的速度追不上家里花钱的速度,直到周围关于二姑父不忠的流言四起,二姑不信。等到二姑父亲口承认的那天,她才发现内心受到的屈辱远远超过对丈夫背叛的恐惧,这也是她拒绝承认自己不幸的原因。

在离婚前一年,二姑夫妇花了六万元的首付在县城里买了一套八十平方米的房子,每个月还一千多元的房贷。离婚的时候,两人开始争夺城里唯一的房产,争夺儿子的抚养权。那段时间,二姑每天往法院或律师事务所跑四五趟,鞋子跑坏了四双,整个身体飘飘荡荡的像幽灵一样。后来,两人需要见面讨论房产分配的问题。见到二姑父的那一刻,二姑没忍住心中的怒气和怨恨,不顾体面地扑上去揪住他的衣服,声讨他的变心,嘴里永远重复一句话:"我替你还了十几年的债,你狗日的却这样对我。"她哭着吼着,简直想把眼泪唾到前夫脸上,把她认为世上最难听的话都冲着他吼一遍。男人默不作声,冰冷得像一个没有温度的人,好像所有的指责都与他无关,冷漠和深情是可以同时存在于一个人身上的。

父亲知道二姑离婚的消息时,一气之下跑去找二姑父,在长江边的沙滩上,旁边是滚滚江水,父亲望着这个曾经在饭桌上和自己觥筹交错的男人,低头时眉宇间的两道皱纹像锥子凿上去的那样深。如今二姑父背叛了自己的妹妹,他抓住二姑父的衣领,问他为什么一定要选择这条毁人名誉的路,得到的回应只有缄默不语。

二姑萌生了报复之心,甚至有捉奸在床的打算,好让前夫臭名远扬,无法在学校待下去。亲戚朋友都劝她,不要越陷越深,不如从泥潭中抽身出来,重新生活。

离婚后,二姑得到了房子,儿子被判给前夫。她累到了极点,已经没有多余的力气去争取。她说那时走在街上身子都是轻飘飘的,好像没有灵魂的躯壳。晚上一个人待在屋里,坐在角落那儿,皱着一张干巴巴的脸,和屋外若有若无的脚步声浑然一体。办完了所有手续,两人得到各自分得的那份后,再无瓜葛。我后来再见到二姑,她的脸上多了一些倦容,眼神里满是幽怨。两人相继有了各自新的家庭,两家在一个小区里紧邻的两栋单元房里。小区是环形设计,只有一个出口。偶尔,他们会遇到,也只当是陌生人。做了十几年的夫妻,离了婚,情分丝毫也不剩了。

一个寒冷的冬天,在小城最拥挤脏乱的街道上,我偶然碰到了两年未见的二姑父。他看上去身体和灵魂都迅速地衰老了,皱纹更深,头发变白,眼神有些无力,显然在躲闪我。我们并未交谈,脸上却各自掠过一丝不由自主的浅笑。回到家我把这次见面的情景告诉二姑,她只是笃定地说了句:"他肯定过得不好。"声音里没有愤怒的痕迹,语气是平静的。接着叹了口冷气,脸上没有任何表情。看着她那瞬间出现的哀伤,像多年积淀在记忆深处的沉疴被唤起,我发现她刹那间苍老了。

二姑离婚的时候,她的儿子只有十三岁。孩子虽然判给了前夫,但他经常跑到二姑家里,喜欢和二姑黏在一起。前两年,二姑总是会当着表弟的面,故意数落前夫的不是。孩子两眼放空,似懂非懂,对母亲的抱怨满心生厌,直想逃走。春节家庭聚会,二姑希望儿子能多陪自己的家人,但儿子夹在两个家庭间,不知道怎么选择,看上去有两个新家,但又像一个家都没有。过去,二姑常说,孩子是她唯一的寄托。现在,她觉得自己失去了某种资格,孩子好像不再完全属于她。她最愧疚的是,自己在儿子中考的前夕离了婚。

三十六岁的二姑离了婚,最焦虑忧心的是爹爹和奶奶。得知这个消息后,两个老人日不进食,夜不能寐,总担心她到这个年纪,即使冒险也不能找到好的归宿,毁了自己一生的幸福。几乎同一时间,小姑也离婚了。她的结婚、离婚,像一出短暂的舞台剧,结局很快就定格在那里。

和自己的姐姐一样,小姑也是个极有主见的姑娘,认定了,就不放手。不顾家人的意见,小姑悄悄结了婚,只把结婚的消息告诉了二姑。她选的这个男人,结婚之后却判若两人,不仅挣的钱不愿拿出来补贴家用,还常因为小事和小姑争吵不休,甚至拳脚相向,经常逼得她离家出走,只能找二姑诉苦。忍受了四年之后,小姑心里的那点期待消失得无影无踪。她跑到法院办理了离婚手续,什么都没要,只身带着三岁的女儿从四川回了重庆娘家。不同于二姑因为孩子和房产的问题和前夫吵得面红耳赤,小姑个性洒脱,她和那个曾经倾注激情和希望的人决绝地分手,也很快从这段失败的婚姻中抽身出来,似乎关于这个男人的记忆都被她清除了。

在一个封闭的小镇里,离婚就像个笑话。没有人能罔顾世俗,随性地活着。家里三个女儿中有两个离了婚,村子里的人都蜚短流长,当着面不说,背地里难免议论两句。我的两个姑姑注定成为那里的话题人物。村里只剩下爹爹奶奶住着,所有的耻笑都由他们二人承受着。

她们离婚第一年的春节,所有人还是像往年一样回爹爹家吃年夜饭,大圆桌上的人少了三分之一,团圆饭吃得冷清。两个姑姑似乎也没有什么发言的余地,都是满脸的苦涩。离了婚,大概就像生了一场大病。在独居初年的艰窘之中,二姑每天一个人坐在空荡荡的房间里,目光呆滞。晚上睡不好觉,默默流眼泪,或是从噩梦中惊醒。第二天两只眼睛又红又肿,双眼皮哭成了单眼皮。经历过一次失败的婚姻后,她降低了对男人的期望,对自己却狠起来。她不断进修学习,主动申请加班,好让自己忙得顾不上回忆。她和小姑一样,经常在朋友圈发一些《一个人,也可以过得很好》之类的鸡汤文。

离婚一年后,二姑的情绪稍微平复些,朋友和家人开始频繁催促她相亲。二姑开始接触异性,但见的男人不是离婚的就是丧偶的,有正经工作的男人很少。每次把自己精心打扮一番后见完人,她总觉胸口堵得慌,鼻子里冒出难以抑制的酸楚。三十好几岁的离婚女人,可选择的余地似乎少了很多,甚至也就随波逐流了。那是一种对女人的偏见,她们只有结婚前和结婚后两个年龄,离婚的女人不是按年龄在生活,而是生活在社会对她所持的看法中。二姑对对方考虑更多的是现实的因素:孩子有几个,房子有几套,人可不可靠。如果性格能贴合,那就是意外的收获了。

第六章　遗留的梦

当她将要放弃对婚姻的追逐时,在朋友的介绍下她又认识了一个离婚的中年男人。男人比她大两岁,有一对上一年级的双胞胎女儿。男人在东北当过五年的兵,退伍后自己做起了长途客运的生意,收入不错,县城里有房,过着所有普通人一样的日子。见了二姑一面后,他主动不断地联系她,二姑觉得他老实,看上去也比较顺眼。对于另一半,离过婚的人好像更清楚知道自己想要什么。不到一个月,两人就住到了一起。但二姑迟迟不肯拿结婚证。男人知道二姑心里不踏实,他果断地把手里的银行卡交给二姑保管,一有时间就陪着二姑,接二姑上班下班。直到相处一年后,二姑才同意领结婚证。

从那时算起,已经过去很长时间了。一直以来,二姑从男人那里没有得到多少慈悲,一点点好意她就觉得是恩赐。遇到新的男人,她那些阴郁的日子总算熬了过去,日子绕出了过去的轨道,她渐渐地不再提前夫的不是,开始卸下过去附着在身上的重量。

小姑和二姑不同,她骨子里流淌着浪漫主义的血液,依然觉得爱情需要等待。年逾四十岁的小姑看上去只有三十出头,仍然是年轻时的那双娇滴滴的清水眼,她那一类的娇小身躯是最不显老的,永远是纤瘦的腰。她的脸,从前白得像瓷,这几年逐渐变暗。上额起初是圆的,近年来渐渐地尖了,愈加显得脸小。离婚三年后,小姑等的人一直没有出现,而女儿总追问自己父亲的情况,家人也开始催促。小姑妥协了,身体和意志不由她控制,勉强答应相亲。

大姑很快托人给她介绍了一个相亲对象。男人憨厚老实,平日在越南的红木工厂打工,月收入过万,也是在春节的时候才回家。小姑以为,至少靠着两个人踏实的累积,也可以无忧地过着。平凡普通的两个人，对生活的所有指望，就是稳定的收入，安乐的生活。2014年春节前几天，小姑和男人约在县城的一个茶馆见面。小姑带着女儿，想让她去见见这个未来有可能是继父的人。茶壶里的茶渐渐少了，凉了，两个人总共没聊几句。见面前他们约定，如果没有什么不满，可以先把婚期定下来。

过完春节没多久，小姑又带着不确定前往新疆阿克苏，继续做一名织布女工。她把女儿放在爹爹家，上学的时候住校，一年中的多数时间，她又将见不到自己的母亲。最终，小姑不想再像以前那么不切实际和漂泊不定，如若能有让她安定下来的力量，她会用尽所有力气去抓住。一年后的春节，大年三十前一天，小姑和上一年见的男人宴请了双方宾客，当作举办了婚礼。从此两人就以夫妻相称，生活在一起。二姑和小姑最想要的，都是一个家，一个不散的家。

二姑很少再提起过去，那没有理由成为无法消除的阴影。那些耐心等待、憧憬幸福未来的岁月已成为过去，眼前隐约可见的，是在平淡的日子里一天天衰老的事实。新的丈夫带着她去了很多以前她没去过的地方，云南、深圳、上海、北京。每到一个地方，二姑都要拉着新的丈夫拍下许多照片，说要把以前没做的事都做一下。她现在有足够的时间去感受幸福，她说，有时最好的报复就是好好活着。

照片中，二姑紧紧挽着姑父的手，略显娇羞地倾斜着头，靠在姑父的肩上，脸上是平日里少见的笑容，眉心的痣还是那么清晰了然。好像经过了婚姻的冒险，她又回到了可靠的人的手中，仿佛从来就没有离开过。

但小姑的冒险并没有结束。她活得用力而隐忍，满以为生活能回报她的虔诚。小姑并不喜欢这个老实巴交的男人,说这样的男人不善交际,总显得畏畏缩缩。她只是想借着这个男人,完成自己未竟的家庭梦想。小姑和现在的丈夫一年四季都在外地,只有春节的时候才会回老家。平时,一个在南,一个在北,好像隔着一个世界,只能通过电话嘘寒问暖。小姑时刻有种危机感,好像准备着劳燕分飞的到来,内心期待的和现实的演进总是朝着相反的方向发展。

一年见一次面,小姑和丈夫的所有激情都被空间和时间消磨掉,剩下的就只有道德和法律的约束了。春节短暂相聚的几天里,小姑依旧会因为丈夫的种种缺点感到不满。深夜里,她躺在偌大的床上,看着身边躺着的这个相识数天就结婚的男人,烦恼地合上了眼。丈夫打呼噜,她无法入睡,于是直接卷着铺盖跑到沙发上睡觉。再多的经历也并没有让她屈于对男人的忍耐,生活再次让她的希望落了空。

和第一次一样,婚姻里有了失望,小姑会果断选择分开,就像从来没发生过。不知道是为了自己,还是为了残存的希望。"到现在,我已经不奢求什么了,一个人可能反而自在。"说这句话的时候,她眼里分明泛着泪光。见到家里的晚辈,她总是幽怨地说:"以后选人,一定要选准。"她的第一个丈夫纵有千般不是,至少她是带着某种期待。小姑说自己想通了,不管最终是几个人,都要过下去。"实在过不下去了,我打算以后不找了,就和女儿过一辈子就行。"她的声音灰暗而轻飘。

2017年春节后不久,小姑在家待了足够长的时间,再一次办理了离婚的手续。她说她算过命,算命的说,她是独苦的命。她从来没有从第一次婚姻的毁灭性打击中恢复过来,这让她用漂泊来逃避恐惧。"每个人都活在自己的命运里。"说这话时,她好像看透了自己的命运一样,声音轻柔而飘忽不定。两年后,我和远在新疆的她再聊起时,她说她自由了,一样可以恋爱,但希望能找到某种类似爱情却又没有爱情烦恼的东西。在她两次短暂的婚姻中,她有这样一种印象:爱情是一种感觉,这种感觉伴随着恐惧,这些恐惧无时不在恋爱关系中表现出来。没有任何爱情誓言能像实际上的终身不渝那样具有说服力。

父亲说,小姑这辈子吃的苦最多,他为她的漂泊不定忧心。年纪越大时,他越关心自己兄弟姐妹们的生活。他保持每个周六回村里一趟,看一眼他父母。这个习惯持续到他生命最后一刻。尽管现在已经过去四十年,甚至更久,他们老了,已经心平气和许多,但父亲还是注意不去提它,因为那尚未愈合的伤口会再次流血,仿如就发生在昨日。

"虽然那些可怕的记忆还在,但父母就是父母。"他像突然意识到,所有人最终都会在这个世上找到自己的位置。

我们进城的第五年,爹爹奶奶住进了在柏油公路边新修的两层楼房里。之后的几年,村里的人陆陆续续搬离那里,重新汇聚到公路边的新宅里,曾经的村子变成了荒村。

新建的房屋皆是宽敞豪奢的格局,多为两三层,外贴瓷砖,内饰与城市无异。房屋设计装饰多出于装点门面而非实际居住需要,人们看重房子的气派、场面,它象征着他们的社会地位。大部分村民常年外出务工,这些现代化的房屋多半空置,大门紧锁。即便有人居住,也只住底层,楼上的二层三层大多空置,堆放着谷粮等杂物。这里的年轻人大半生都在城市中奔命，耗尽力气打工挣来的血汗钱多数投入修砌房子中。暮年之时，待人和房子都老了，房前杂草丛生，才回来建立情感联系。

在街道的另一侧，修建了一栋城市化的七层楼房，纯白色的外墙，两室一厅的格局，以十五万元左右的价格出售，在过去十年里，这栋有着二十套房间的楼房只售出两套。购买其中一套房子的人是飞飞的父母，他们在把两个女儿送出农村之后，用多余的积蓄购买了这套房子，并按照城市居民的规格装修一番，来满足他们在城市生活的梦想。

如今长居村里的人，多为怀里抱着嗷嗷待哺的婴孩的女人，被父母留下来在村里上学的孩子，最老的老人以及照看他们的中老年人，因为要照顾老小，他们无法脱身去城市打工，因此顺便也耕作村中土地。他们明知泥土中刨食，种子、化肥、农药、机械投入不菲，不计劳力，而收获甚少，但耕作也是聊胜于无的选择。从事耕种的多为四五十岁以上的中老年人，外出打工的年轻人即便回村，也只是短暂停留几日，无暇顾及家里的土地。一些上了年纪的老人脸上挂着忧虑，他们担心自己离世后，相依为命的土地也跟着被遗忘了。

时间对逝者而言是静止的。村里一些老人已经相继离世，一些新出生的孩子已经长大。村里比我更晚出生的人，除了能看见一间间空房子，他们对逝者一无所知，取代空房子的，是荒山上的一座座青冢。埋在这里的人，有些可能一辈子都没走出过这里。在那些离开村庄的年轻人当中，有些人变得富有，有些人仍旧贫穷，每个人都有自己的命运。

父母进城后，房子被遗弃在小山丘上。年久后，乡下房子里的物品蒙上了一层灰，父亲最喜欢的口琴和笛子也被遗忘在床头，最后不知去向。当我重返这个被冷落的村庄，想将散落的残片重新拼成记忆之镜时，我只看见一片废墟。一个噘着嘴巴的小女孩儿，蹲在枇杷树上的公鸡，长满绿色青苔的瓦砾，只有坐在田坎上的老人，拴在香蕉树上的黄牛，悬挂在半空的柑橘，掩埋在竹林中的土墙房子，安静地站在那里，被人记得又忘记，只剩风在呜咽。我似乎觉得从来没有在这样一栋绿荫森森的房子里住过。我还能看到一些熟悉的面孔，他们比我小时候记忆中的更为苍老憔悴。我站在桥上，看着村庄、河流、田地，曾经的一切都变得虚无缥缈，真实的记忆就像晕眩时的幻影，但是如此令人信服。

又过几年，旧日的房屋已被夷为平地，那些曾经熟悉的，牵动我乡愁的地方都已变得陌生而遥远。我们那间装满过去回忆的老房子因变成危房而被拆迁，覆盖着一层层枯黄的落叶。这个村子里的一切都变得比我们离开的时候更渺小，更破败，更萧条。那条河已经干涸，露出大大小小乱糟糟的石头。桥面坑坑洼洼，桥栏上长了一层又一层的青苔，像绿色的皮肤一样覆盖在上面。街是空的。有时候一辆沉重的货车过去，震着石道响，桥栏发抖。桥栏已经到我腰下，我只需站在那里，就能看清桥下的一切。而在过去，桥栏高度到我胸前的位置，我要费好大力气才能爬上去，两只脚悬于半空，奋力往桥下望，有时我能看到母亲蹲在那里洗衣淘菜，有时是村里的其他人。

这一年，在同样的饭桌上，我注意到，爹爹变老了。如今，这个老头已经八十岁了。因为身段瘦削，远远看去，他还像年轻时的样子。

但是,他稀零零的白头发,面孔异常沧桑,证实他虚弱的体质。和他交谈时,他也像完全变了个人,不再像过去那样扯着嗓子说话。他说话仍旧铿锵有力,语气高亢,虽然支气管炎和肺气肿导致他时常剧烈咳嗽。因为哮喘,他的喘气声又粗又重,喉咙里发出震颤而低鸣的哀号,他大声咳嗽,使劲清着嗓子,竭力在竹靠背椅上寻找舒服的姿势,弄得椅子发出一阵阵像破裂般的响声。说的话也不时被喘息声或急促刺耳的咳嗽声打断,但他的表达没有受到丝毫影响。只要他一开口,当年那个像石头一样顽固的老人就又回来了。

他现在有一张干瘪茫然的脸,脸色像旧报纸一样暗黄,绕着薄薄一圈灰胡须,脸上爬满了老年斑,稀疏花白的头发藏在那顶戴了十几年的失去光泽的毛线帽子下,幡然一老了。他的脚步蹒跚,过去矫健有力的肢体,现在只剩下双手还算灵活,手指上的关节像打结似的。他手里多了一根手杖,手杖是他自己用粗树枝削的。从他的手杖就能看出,他是一个手很巧的人,把手处刚好和一只手的大小吻合。他另一只手里的搪瓷杯已经换成了银色不锈钢保温杯,里面的茶叶还是一样苦涩。他的眼镜戴得很牢,像是脸的一部分。他的眼睛下面吊着两个像乌云一样的眼袋。他的身体状况并没有改善,也没有恶化,只是在正常衰老。总有一天,我们都会沦为一具步履蹒跚而语无伦次的残躯,我没有办法去责难一个渐渐枯萎的老人。

他的房屋和十多年前没什么两样,最常用的房间里家具只有一个泛着灰尘的木质碗柜,一个老式的洗脸架,一张椅子,一张圆桌,有四条可以坐三个人的长凳子靠着烟熏了的白墙。水泥地板上粘着黑黑厚厚的一层土。木板沙发对面的灰白的墙上挂着老屋时的相框。

相框里的照片从他的孩子们变成了他的孙辈们。

如同爹爹的衰老一样,经过时间的过滤,他的几个孩子都变成了另外一个人。人们有时想起,只是为了从干枯的记忆里找回一点淡淡的温情。生活给他上了一课又一课,他谁都左右不了,包括他儿子的死。直到这一刻,他并没有扫清命运给他设置的所有障碍。

在他的儿子、我父亲的葬礼上,他没流过一滴眼泪。他坐在一方木凳上,眼睁睁看着来来往往吊唁的人,一些是他熟悉的,一些是他不认识的人,一言不发,就这样坐了两天两夜。脸如冰冷的铁板。我在想,或许他心里和我一样沉重,他只是善于掩饰。父亲下葬前那个寒冷的夜晚,我看到爹爹上楼后又下楼,持续了一整夜,两个眼圈几乎变成了青灰色。奶奶说,以后再也没有人每个星期六去看她了。小叔独自一人在收拾父亲棺椁四周那些黄色和白色的菊花,他把花瓣一朵朵摘下来,第二天送父亲上路时将撒下这些花瓣。我看到几个姑姑双眼里布满血丝,像胡豆大的眼袋吊在下面,我们都凝噎无语,似乎都陷在各自的回忆里。这个孱弱、分散、飘零的家庭,最终因为父亲重新聚合起来。

按年龄算,父亲还有六年退休,他时常算着自己的社会保障金,等他退休后,退休金足以让他过着在他看来自在而恰当的生活。但他没能等到那一天到来。父亲去世半年后,我和母亲到社会保险局退他身前缴过的钱,意外得知他当兵四年也能算作缴纳社保的年限。就这样,父亲以这种方式将自己养老的钱留给了我和母亲。

第一趟去社保局,负责养老保险金的工作人员得知父亲曾经是军人后,要求我们出示父亲当过兵的证明。为此,母亲专程回了一趟

第六章 遗留的梦

县城,到当地的武装部开了一张父亲入伍的证明。她拿着这纸证明返回市里一个星期后,我们再次去社保局。还是那个工作人员,他穿着黑色的西服,声音尖锐刺耳,头发稀疏,一缕头发绕过前额从一边横跨到另一边。

他说这张证明不足以全面证明父亲曾是军人,他需要的是父亲完整的从军档案,从入伍到退伍的所有一切信息。听完他的话,我和母亲像两个石像呆立在那里。

"这个中国人民解放军的章也不能证明吗?"

虽然我觉得他说的有道理,但还是忍不住希望这张纸能过关。

"这张纸怎么能说是全部档案呢?你看我上面说清楚了要的是档案。"

"我们回一趟老家真的很麻烦,而且我这有退伍证,肯定是当过兵的。"

"你让家里的亲戚帮忙去趟武装部再办理一下吧。"

硬碰硬在他那显然起不了作用。垂头丧气之下,我们让在县城的二舅帮忙跑一趟武装部,结果他去了那里,档案室的工作人员正在外出差,白跑了一趟。我和母亲正愁眉苦脸商量着找个时间再回一趟县城,那个社保局的工作人员见我们面露难色,又把我们叫了过去。

"军人这个就算通过了吧,但你父亲还有一个居民保险要停掉。"

"不能直接在这里停掉吗?"

"不能,他是在县城办的,需要那边的工作人员办理。"

我和母亲又犯难了。那个工作人员表现出了令我吃惊的善意。

"我先帮你们联系一下县里工作人员,看他是否愿意直接停掉。"

"好的,谢谢您。"

接着,他打了一通电话,从他的语气里能听出来,这个方法并不奏效。

"你们还是要自己回去跑一趟了。"挂掉电话后,他说。

"好的,那我们自己回去办吧。"

回家后,我联系了县里的社保局,得到的回复是要先去派出所办理父亲的户籍注销证明,他的居保才能停。在这之前,停保需要父亲在派出所身份注销的证明。无论如何,只有户籍注销的证明才算数。那意味着,父亲的名字将从我们一家三口的户口簿上除去,只剩下我和母亲的名字。

和户口本放在一起的,还有父亲的两张银行卡,一张卡里剩下一千七百多元,另一张卡里有两千多。多年前,在我的说服下,他每月的工资会拿出一部分给母亲。为了取他卡里的钱,我和母亲跑了几趟司法鉴定中心,证明我们之间的关系。另外还有几张存折,都是村里占用土地后的补偿款,每年两百多元,还有以前在村里种的柑橘树补偿款,一年七百多元。

户口注销后,这些存折用不上了。母亲把这些空了的存折扔进垃圾桶,被我捡了回来。在母亲想来,既然珍藏这些东西的人不在了,它们也就失去了作用。而我认为,父亲剩下的东西本来就不多了,能留的就留。

一个月后,父亲退回来的社保钱一共有七万多,这似乎是他历经艰难困苦一辈子积攒下来的财产,一笔不少的钱,也是他留给我和母亲唯一的东西。但是我并不期待拿到它,它的分量远比不过父亲活着的分量。钱打进了母亲的卡里,我让她先留着。第二天下午,我听到母亲在客厅里接电话。

"你要借多少钱?"

"……"

"几万的话应该有,我刚拿到了社保的钱。"

一个亲戚想在市里买第二套房,首付还差几万元,他计划找母亲借。

"父亲的钱不能动。"

"留着干嘛?"

"等你老了以后用。"

我无法告诉她我真实的想法。在我看来,这些钱是父亲用命换来的,一定要留到最重要的时刻,虽然我不确定那是什么时候。

母亲很快在新的小区交了一些朋友,因为她总是热心地满足每个人向她提出的请求,甚至还为一个二十九岁的小伙子介绍了一个女朋友,而那个女孩也是这个小区的。那种相互关怀的社会精神和人性温暖帮助她驱散了第一缕乡愁,但并不会消失殆尽。她习惯很热情地向每一个她遇到的人打招呼,但并不总是奏效。她曾在出门遛狗时在电梯里遇到楼上的一个邻居,她主动问早,但对方并没有回应她,那让她很受挫。

"她像没听到一样直接不理我。"

"不是每一个人都像你一样热情。"

这也不是她人生中第一次感觉到作为外来者的刺痛。社区里的人问起父亲,母亲脸上挂着明媚的笑,说父亲在老家县城里上班。那人说,该退休了吧。母亲说,还有几年呢。

"挣那么多钱干嘛!"

"闲着也是闲着。"有时候,她的语气轻松坚定,好像自己面对的真是这样的现实。

母亲还是像过去一样在每个清早醒来,把房子里的每个角落打扫一遍,室内的一切都整洁有序。当我和母亲两个人坐在空荡荡的房间里时,屋子里的冷清不需要任何提示就能让你强烈地感觉到,这里少了一个人。以前在县城租房时,我以为房子就是家,现在发现,有了房子,还要有家人,才是家。有时我能听到母亲的自言自语:好人命不长,祸害千年在。有时她会突然像被什么击中一样跟我说,你和我一样,你出生后没见过外公,以后你的孩子也是。这给我一种强烈的命运的暗示。当她独自躺在一张床上时,意识到旁边少了一个睡眠打鼾的人。饭桌前的的确确少了一个人,少了一个催她在中午做牛腩炖土豆的人。再也没人抱怨她做的汤太咸了,米饭太硬了,如今她不再需要替另一个人盛饭。她突然从烦琐的家庭事务中解放了,但这反而加深了她的失落和孤独。她这一辈子已经习惯了在父亲的各种要求、注视和依赖下生活,再也没有一个男人看着她脸上的皱纹和头顶的白发说,看吧,你也老了。

我想,所有人都会死亡,死亡是这个世界上最公平的事情。贫穷的人,富有的人,善良的人,凶残的人,都难逃一死。只是有人先死,有人后死,最终都会回归泥土。

父亲刚去世时,我有种如影随形的孤独感,就像身体少了某个器

第六章 遗留的梦　　　　　　　　　　　　　　　　　　　　　　177

官,不见了,也不知道去哪里找。你会在一个比冬天更冷的时候想起他,你再也没有机会重演这些画面,你只能陷入回忆里,回忆变得可怕起来。我并不需要见到与他相干的事物才能想起他,他已经融进我的血液里,我的思想里,直到我死去,他才死去。

在我写到这里的这一刻,我仍没有办法相信父亲从我生命里消失,我粗略地写完他的一生,一定还有很多漏掉的细节,由于我记忆的缺失。我茫然地坐在电脑前,小狗睡在我脚边,有那么恍惚的一瞬间,我仿佛回到了以前,一切都是原来的样子。父亲也在。母亲正在整理大姑从老家寄来的一只鸭子,糍粑,街上庆林家的豆腐,她说,豆腐还是庆林家的好吃。

同小川去世时一样,原本很少来往的亲戚之间的关系缓和很多,露出了亲人间本该有的温情。每个来到我家的亲戚都会提起父亲,他们会在某个时刻忆起他,会在某个夜晚梦见他,我发现,在他去世后,所有人都开始想念他。而我知道,并不是死亡让他成为一个好人,他本来就是。一些朋友聊天时说起自己的父亲,我想,我已经没有父亲了。

父亲走后的第十个月,2019年的冬天,母亲回村参加一个村民的葬礼。葬礼前她买了一捆烧纸到父亲坟前,旧日往事像电影画面一帧帧在她脑中浮现滑过,看完了,一个人的人生也就结束了。

这次回村母亲碰到了一个村民,他是当初把父亲死亡的消息带给爹爹的人。他告诉母亲,爹爹在听到这个消息时,和他一生中任何时候暴怒的情形一样,对着自家阳台外的田野、山峦撕心裂肺地痛哭,一边跺脚,一边捶打自己,咆哮着,为什么死的人不是我?似乎要释放出全部的悲痛。

在这之后某天的一个上午,爹爹打电话给我,说父亲坟前的树他已经栽好了,那是按照道士的要求,一棵万年青,两株松柏,这样,父亲的坟前就不会光秃秃的。直到这时,我第一次感觉到,他终于得到了安息。

父亲去世一年来,他会在每一个白天和每个夜晚准时出现在我的意识中,像个很久不见的老朋友。本来是跟他毫不相关的梦境,他也会像客串演员一样短暂、光彩地出现在画面里。我能平静地去回忆他了,他像在某个地方注视着我,指引我。唯一不同的是,我比他活着的时候更加理解他了,他对爱的渴望,我全部的努力支撑他在有限的社交活动中获得的安全感。比如他带我去见他那些我曾经看不起的朋友们,他那时刻落在我身上的目光,他为自己老年生活的打算。事实上,他最缺乏的就是安全感。

又一个夜晚,我和母亲几乎在半夜同时醒来,我不知道她是不是和我一样梦到了父亲。因为睡不着,我们聊天打发时间,聊到生病,聊到保险,接着聊到了死亡。

"你怕死吗?"我问母亲。

"不怕。"

"为什么呢?"我有些意外。

"人总是要死的。"平静的语气甚过黑夜里的静谧。

第二天上午,母亲说她昨晚梦见了父亲。

"他让我摸他的脚,我摸了,冰冷。"

"那是因为你心里在想,所以梦到了。"

"我没有想这些。"

"你潜意识里面有。"她坚持认为这不仅仅是一个梦,而我告诉她这只是一个梦,以后还会继续做类似的梦。这次他开口说话了,随后,他那毫无变化的声音在夜空里消失了。虽然他已经不在了,她却仍觉得他就在那里。这个感觉和梦里的感觉一样真实。

母亲秉持着一种古老而神秘的信念,父亲去世第一年应该由我先去他坟地里烧香鸣炮。但2020年年初的一场肺炎疫情让这个计划搁浅了。我原本打算在父亲初五生日那天去那里的。这场疫情让所有人只能画地为牢。

除夕夜晚,小姑发给我一张照片,三个姑姑和小叔几家人聚在爹爹家,年夜饭的饭桌上,大人和孩子刚好围成一个圈,父亲曾经坐的那个靠墙的位置被小叔取代了。这似乎在提醒所有人,父亲不会再回来了。那个晚上,我梦到我再次回到那个小山岗上,把一束玫瑰花放在父亲坟头。我知道,我会这样做,等我离开后,无影无踪的风会吹乱它。

我仍然只有在梦里才能见到他。有些梦我真的记得太清楚了,但在醒来的第一分钟,我会重新梳理一下梦境。梦里我们回到了县城交警队的老房子里,父亲躺在那张漆皮剥落的沙发上,翻看我们在农村生活时在镇上的影楼拍下的照片,他一直在找一张我们一家人的合影,一边感叹时光如白驹过隙。这个梦让我意识到,至少在梦里,他将永远活在我的生活中。

后记：
我为什么写这本书

2018年，因为一次家庭矛盾引发的苦闷，让我第一次想到，等若干年后父亲去世，我会把自己的成长经历写出来。我想写一个家庭对我的影响，我以为那已经是我生命中最难以承受的部分。但我没有想到的是，父亲2019年突然走了。

写这本书的初心，是我害怕有一天我会忘记关于父亲的事情，所以，这是一个普通人纪念父亲的方式。一个平凡人的生和死都轻于微尘，不被人看见。最开始我只想写父亲的死亡，那是一种无法完全说清的感觉，每个人的感受可能不太一样。但写完第一部分《春天的葬礼》后，我又想去回溯他的一生，很多画面都翻涌出来，就这样一点一滴的，我写出了自己的故事，包括曾经那些深埋心底变成枷锁而难以启齿的部分，都在我父亲去世那一刻让我意识到是多么珍贵的了。其实，没什么不能写的。

起初我是拒绝走出痛苦的，我认为痛苦也是怀念一个人的方式，是和爱一样的精神感知。我认为有些痛苦永远不该忘记，有时在和各种痛苦对抗时我会取得胜利,然后从缝隙里获得小小的快乐。这些大痛苦和小快乐都是专属于我的独特生命体验。写自己的故事始终是无法完全抽离的,但也正因为如此,情感才真。县城和乡村的生活内容是我乐于去回忆的,虽然有残酷的现实。看上去我写的是自己的故事,可能也是所有人的故事。这像是会发生在所有人身上的故事,生活本来就如此,不会放过每一个人。

  本文的原始材料均出自我和我家人的记忆,或许我们对所有的记忆都应该谨慎的怀疑和做不可靠推定。文中大部分的内容是我亲身的经历,回忆的部分是根据多位家人的多次讲述交叉印证而来。我笔下的每个人物都是深刻印在我脑中,虽然有些只是我短暂参与了他们的生活。他们的一生,也不可能由我有限的叙述完整的呈现。我面对的一切都是鲜活的生命状态,死亡、疾病、衰老、困苦……重新体察我经历的每一个细节,是一种奇特的体验,我第一次停下来,聆听内心那个一直在挣扎的声音。当我努力拼凑起记忆的碎片时,生活的真相越来越清晰。我希望能够表达一种超越苦难和死亡的情感,这是我能够坦然写出一切的前提。

  说实话,我不太懂写作上的技巧或是要遵循什么文学上的章法,我只是把那一刻从我心里流出来的句子写下来。当然我平时的阅读和积累会潜移默化地影响我写作表达的方式。至少在写的时候,我完全沉浸在过去那个真实的世界里,又把那些陈年往事翻出来细细感受了一遍,像不会吸烟的人猛吸一口后,呛。真实和虚构不一样,你不需要做任何思想准备,强烈的情感会涌上来冲撞你。我不需要融入一个小说家的角色,关于自我的认识在这次梳理中变得完整,虽然是本小书，但我完成了。我还是会无数次梦到我父亲，习惯了。我很好奇几十年后，梦中的他会是什么样子，我又是什么样子。现在我唯一可以确定的是，我会一直写下去。

从写作之初一直有些人陪着我，感谢我的同事黄芳，始终热心真诚地帮助我，感谢出版社的编辑陈强老师从我写作之初就不断鼓励我，愿意出版我这个无名小卒的作品。感谢最初阅读我书稿的四位朋友，冯鐘乐，王欢，蒋世明，张小莲，感谢所有在幽暗中给我光的人。

在写至这本书的尾声时，我听到 James Blunt 写给父亲的一首歌，其中有句歌词是：

while you're sleeping, I'll try to make you proud。（当你长眠后，我会尽力让你为我骄傲。）

So daddy, won't you just close your eyes?（父亲呀，你还舍不得阖上你的双眼吗?）

我爱这句歌词，正如我爱我生命中经历过的每个瞬间一样。